書下ろし

刺《し》客《かく》殺し

風烈廻り与力・青柳剣一郎④

小杉健治

祥伝社文庫

目次

第一章　帰って来た男

一

朝陽が射し込んできた。

きょうは非番なのでもっと眠っていてもよいのだが、剣一郎《けんいちろう》はいつもより早く目覚めてしまった。

顔を洗ってから、縁側に出た。日陰の萩の花がほのかに白い。八月も半ばを過ぎ、頬に当たる風が心地よい。ついこの前まで暑さに喘《あえ》いでいたのが嘘のようだ。季節の移ろいの早さをしみじみと味わっていると、裏庭から薪《まき》を割っている音。

庭下駄をつっかけて庭に下りた。裏庭で、若党の勘助《かんすけ》がまさかりを振り下ろし、若い正《しょう》助《すけ》が薪を隅に積み重ねていた。

雑巾を持った下男が顔を出す。

「おはようございます」

台所から味噌汁の匂いが漂ってくる。女中のおみつや下女が朝食の支度に忙しく立ち働いていた。

朝餉《あさげ》の支度が調《ととの》い、台所の隣の部屋に家族が集まった。床の間を背に、剣一郎が座り、少し離れた向かいに多恵《たえ》、左右に剣之助《けんのすけ》とるいが向かい合う。

左頬の刀傷が青い痣《あざ》となって剣一郎の顔を精悍《せいかん》なものにしているが、涼しげな目元は子どもといっしょだとよけいに優しげになる。

女中のおみつが碗を運ぶ。一汁三菜の食事である。

剣一郎が箸《はし》を持つのを待って、皆も箸を持った。

「いただきます」

剣之助とるいがほぼ同時に声を発した。

お付けを一口すすって剣一郎は顔を上げた。

「おっ、これは」

すると、おみつがあわてて、

「お口に合いませんでしょうか」

と、窺《うかが》うようにきいた。

「いや、うまい」

「ええ、とてもおいしいです」

剣之助が続けた。

おみつが顔をほころばせた。ほっぺの赤い娘だ。

「おみつの実家から届きました。お祖母さまがお作りになったそうです」

多恵が微笑《ほほえ》みながら説明した。

「そうか。親御どのは達者か」

「はい。毎日元気に畑に出ているそうでございます」

剣一郎は一度挨拶《あいさつ》にやって来た父親の純朴そうな顔を思い浮かべた。

おみつは相州《そうしゅう》の百姓の娘である。

「おみつ。あとはいいですから、食べてきなさい」

台所では、奉公人たちの食事が始まるのだ。

剣一郎も目顔で言うと、おみつはぺこたんと頭を下げて台所に下がった。

若党の勘助をはじめ、中間《ちゅうげん》、下女など、青柳《あおやぎ》家には十名の奉公人がいる。

与力は二百石取り。この禄高《ろくだか》ではこれだけの奉公人を雇うことは難しいが、与力には付け届けという副収入がある。それに旗本と違って格式による出費がない。だから、四、五百石級の暮らしが出来るのだ。さらに、多恵の才覚もあり、青柳家は比較的裕福な暮らしをしている。

炊きたてのご飯に新香がうまい。好物の小松《こまつ》菜だ。東葛西《ひがしかさい》領小松《こまつ》川辺の産で、茄子《なす》や葱《ねぎ》なども葛西の産だ。

食べ終わって碗を置いた剣一郎は、るいの食が進んでいないことに気づいた。

「るい、どうした?」

十二歳の娘に声をかけた。

「何でもありませぬ」

るいはあわてて箸《はし》を摑《つか》んだが、手が動かない。それに、目が赤く、ゆうべあまり眠っていないように思えた。

「隠すものではない。何か心配事でもあるのか」

「いえ、そうではありませぬ」

るいは辛《つら》そうに俯《うつむ》いた。

「父上」

剣之助が碗を置いて口をはさんだ。

なんだという目を、剣之助に向ける。一本気な目だ。そんな目つきは亡き兄を思い出させる。

「るいは中井大助《なかいだいすけ》の病気のことを心配しているのです」

剣之助はるいに目をやった。

「中井大助とな?」

額が広く、多恵に似て聡明そうな顔だちの娘に目をやって、

「中井大助というと、確か大北《おおきた》藩江戸定府の中井十右衛門《じゅうえもん》どのの子息であったな」

大助は十二歳。木挽《こびき》町にある大北藩上屋敷に住んでおり、剣之助が通う塾の同門であった。大助がこの屋敷に遊びに来た際に、るいも仲間に加わって遊ぶようになり、それから上屋敷の長屋にも遊びに行ったことがあるという。

「大助は病気なのか」

剣一郎はるいをいたわるようにきいた。子煩悩《ぼんのう》な剣一郎はつい目が細くなる。

「胸の患《わずら》いだそうです。きのう大助さまから、病気の養生のために長屋を出て、遠くに行く事になったとお別れの文が届きました」

るいが泣きだしそうな声で答えた。

労咳《ろうがい》なのだろうか、と剣一郎は痛ましい気がした。

「しかし、養生をすればよくなるのであろう。それほど心配することではないかもしれんぞ」

元気づけるように言ったが、るいはすぐに悲しげな顔で答えた。

「いいえ。使いの者が大助さまから預かって来たと言って根付《ねつけ》を渡してくれました。大助さまが大事にしていたもの。なんだか、もう二度と会えないような気がして」

「るい。病気はきっとよくなりますよ」

多恵がやさしい声をかけた。

「もし、気になるのであれば、そうだ、剣之助。長屋をお訪ねし、母君に会って様子をきいてきたらどうだ？」

「はい。行って来てもよろしいでしょうか」

剣之助が身を乗り出した。慎重で何事にも用心深いところがあるかと思えば、無鉄砲な面もある。一本気で一途《いちず》な性格にやや危うい感があるが、それは剣之助のよさでもある。

「うむ。そうしなさい。ただ、向こうの親御さまに失礼のないように」

剣一郎は注意を与えた。

るいが安心したような顔をしたので、かなり友のことで悩んでいたらしいと思い、改めて中井大助の病気を心配した。


剣之助が木挽町の藩邸まで出かけたあと、剣一郎は庭で素振りをした。

新陰《しんかげ》流の流れをくむ江戸柳生《やぎゅう》の真下《ました》道場で皆伝《かいでん》をとった腕前の剣一郎の木刀が空気を裂く。諸肌脱ぎのたくましい胸と肩に汗が滲《にじ》んでくる。

素振りを終え、汗を拭っていると、おみつが橋尾左門《はしおさもん》がやって来たことを告げた。左門は奉行所の花形である吟味方の与力である。

客間で、左門と対座をする。

茶を置いて去って行く多恵を見送ってから、左門が口を開いた。

「俺が吟味方与力で、おぬしが風烈廻り。どうも釣り合いがとれんな。おまえなら吟味方にすぐになれそうなものだが」

鬼与力と異名をとり、奉行所では威厳《いげん》に満ちた厳しい態度を崩さぬ左門だが、仕事を離れると幼馴染《おさなな　じ》みの遠慮のない言い方になる。

与力の出世の最高峰は年番方であり、その次が吟味方である。剣一郎はいずれ吟味方になるだろうと思われているが、いっこうにその気配がなく、風烈廻り掛《かかり》として市中の巡回をし、また例繰方《れいくりかた》を兼務して、判例などの調査をいまだにしている。

「ちょっと小耳にはさんだのだが、おぬしを今のままに置いておくのはお奉行の考えらしい」

左門がわざとらしく声を潜めた。

「お奉行の？」

「そうだ。宇野《うの》さまがお奉行におぬしを吟味方に推挙しようとしてもお奉行が反対するそうだ。お奉行はおぬしを嫌いなのか」

宇野さまとは、年番方与力の宇野清左衛門《せいざえもん》のことである。

「さあ。俺を嫌っているのは長谷川四郎兵衛《はせがわしろべえ》さまだが」

公用人の長谷川四郎兵衛だ。公用人は内与力である。内与力とは奉行が任官時に連れて来た懐刀であり、奉行職を解かれれば去って行く与力である。つまり一年ほど前に南町奉行に就任した山村良旺《やまむらよしあきら》の譜代の家来である。

　この長谷川四郎兵衛は剣一郎を目の敵《かたき》にしている。

「なるほど。あの男ならやりかねないな。おぬしの悪口をお奉行に言い立てているのであろう。お奉行の権威を笠に着ておるからな。ということは、あの者が内与力として居すわっている限り、おぬしに吟味方の目はないということになるな」

「構わんよ。俺は今のままで満足している」

「冗談ではない。あんな男に勝手されて我慢出来るか」

　左門は憤慨した。

「まあ、いいではないか。俺が今のままでいいと思っているのだから」

　逆に、剣一郎が慰《なぐさ》めた。

「いや。多恵殿のためにもおぬしには吟味方になってもらいたいのだ」

　どうやら、左門は剣一郎のためというより、多恵の喜ぶ顔がみたくて剣一郎を応援しているようだ。いや、これは左門に限ったことではない。宇野清左衛門はじめ奉行所の者も皆多恵の信奉者であった。

　多恵は十四歳と十二歳のふたりの子持ちとは思えぬほどの美貌と若さがあり、機転がきき、如才がない。盆暮れの上司への付け届け、祝儀不祝儀に際しての気配り、何事にもそつがない。

多恵は夫のために陰で支えている。男の出世は実力だけではない。そういう人情の機微を知り抜いているのだ。

だが、そういう面を剣一郎には決して見せない。

自分としては今のままでいいのだが、多恵のためにも吟味方になり、ゆくゆくは年番方にまで上り詰めたいと思うのだ。

「剣一郎、どうした？」

左門の声に、我に返った。

「いや」

「なんとかあの野郎の顔を踏みにじってやりたいものだ」

あの野郎とは長谷川四郎兵衛のことだ。

「やめろ。そんなことをしたって何もならんよ」

剣一郎は苦笑した。

「面白くねえ。おぬしがもっと怒るかと思ったのに」

左門は伝法《でんぽう》に吐き捨て、

「帰るとするか」

と、腰を浮かせた。

「おいおい、何か用があったんじゃないのか」

「おっと、そうだった」

　思い出したらしく、

「たいしたことではないんだが」

　と、再び腰を落とした。

「じつはな、ちょっと小耳にしたことがあってな」

「なんだ、また小耳にしたのか」

「話の腰を折るな」

　左門が渋い顔をした。

「別に折ってはおらん。でも、また俺の噂なら聞かんぞ」

「そうじゃない」

　左門はやや身を乗り出し、

「浦里《うらさと》左源太《さげんた》を覚えているか」

　と、意外な名を出した。

「浦里左源太だと。忘れるはずはないじゃないか。真下先生の道場でいっしょだった男じゃないか。左源太がどうかしたのか」

　剣一郎は懐かしそうにきいた。

「先日、ある料理屋で偶然に昔道場でいっしょだった男と会ったのだ。ちょっと立ち話をして別れたのだが、その者が左源太を見かけたと言うのだ。それも尾羽打《おはう》ち枯らした浪人姿だったと」

「まさか。左源太は仕官し、今は陸奥《みちのく》のほうで暮らしているはずだ」

「そうだ。だから人違いだろうと言ったんだ。その者もそうかもしれないと一応は答えたが、左源太に似ていたと譲らない。歳の頃は三十半ば。痩せて、薄汚い姿だったというから、たまたま似ている浪人だったのだろう」

「そうに違いない。左源太であるはずはない。左源太は今はれっきとした主取りだ」

剣一郎は遠い記憶を探るように目を細め、左源太のことを思い出した。

もともと浦里左源太は越後のほうの小さな藩に仕えていたが、跡継ぎがなく御家断絶となって浪人となった。

十九歳のときに知り合いを頼って単身江戸に出てきて、いつか仕官の道をと、剣術の道場に通っていた。浪人ながら道場に通うことが出来たのも幾許《いくばく》かの金があったからだ。

左源太に運が向いてきた。江戸に出て三年目の春。年寄りと若い娘に絡んでいた数人の浪人者を峰打ちで懲《こ》らしめた。その様子を見ていたのが大北藩供番頭《ともばんがしら》の波多野《はたの》清十朗《せいじゅうろう》という武士であった。

左源太は波多野清十朗に見初《みそ》められ、娘の婿《むこ》にと望まれたのだ。左源太の喜びようは尋常ではなかった。

やがて、左源太は波多野清十朗が藩主のお供で国表に帰るときに同道し、向こうで祝言を挙げたと手紙がきた。

その手紙に妻女はまれにみる美しい女子《おなご》だと記され、幸福な様子が垣間《かいま》見えた。

それが十年前のことだ。

「左源太からの音信は途絶えたが、元気でやっていることは風の便りで聞いている」

「そうだな。もし、左源太が浪々の身になって江戸に舞い戻ったら俺たちに助けを求めて来るはずだからな」

左門も納得したように応じた。

「そうだ。暮らしに困ったら俺たちを頼ってくるはずだ」

剣一郎もそう思っている。

「大北藩藩士か」

ふと、剣一郎は覚えず呟《つぶや》いていた。

単なる偶然に過ぎないだろうが、中井大助も大北藩士の息子だったな、と思い出したのだ。

「さてと、引き上げるとするか」

左門が立ち上がったと同時に、多恵がやって来た。

「あら、もうお帰りでございますか」

「今度、夜にゆっくりお邪魔します」

左門は玄関に向かった。多恵がついて行く。

「剣之助どのの元服は決まりましたか」

左門の声が、客間に残っている剣一郎の耳に届いた。


そのあと、剣一郎は庭に出て、久しぶりに植木の栽培を手伝った。若党の勘助や中間たちが椿《つばき》や牡丹《ぼたん》の栽培をはじめたのだ。巣鴨《すがも》や葛西のほうの農家から苗を買い求めてきた。最近植木の栽培が流行で、新種や珍種はかなり高額で取引されるらしい。勘助たちも金儲けで栽培をしており、今は菊造りに励んでいる。とうてい人前に出せるようなものではないが、剣一郎にとってはいい目の保養だ。

良沢《りょうたく》の家から子どもの泣き声がした。熱でも出して子どもが駆けつけたのか。

与力に与えられた敷地は三百坪で、剣一郎はこの半分を医者の良沢に貸している。医者に貸すことにしたのはいざというときに便利であったからだ。多恵の考えで、現に子どもが幼い頃、何度か良沢に夜中に診てもらったことがあった。

夕方、剣之助が戻って来た。るいがすぐに兄を迎えに出た。

剣一郎が剣之助の部屋に行くと、ふたりは深刻そうな顔をしていた。

「どうだった？」

剣一郎はふたりの顔を交互に見て、

「中井大助に会えたのか」

「いえ、大助には会えませんでした。お母君が親戚の家に出養生に行っていると仰《おつしや》っておいででしたが、養生先は教えてくれませんでした」

剣之助は沈んだ声で答え、るいも愛くるしい顔を暗くしている。

「まだ何か気がかりなことがあるのか」

「じつは大助どののことを話すお母君の目尻に涙を見てしまいました」

「涙を？」

驚いて、剣之助を見た。

「はい。お母君の様子から、大助どのの容体はかなり悪いのではないかと……」

剣之助は言葉を詰まらせた。

「父上。やはり大助さまは重い病気ではないのでしょうか」

るいの目尻に涙が光った。

大助に恋心を抱いているのかと、剣一郎はなぜか心が騒いだ。女子の十二歳という年齢がおとななのか子どもなのか、剣一郎にはわからなかった。

中井大助の父十右衛門は大北藩江戸定府で近習頭だと聞いているが、剣一郎は会ったことはない。大助は中井家のひとり息子というから、母親の心労は相当なものだろう。

「なぜ養生先を教えてくれないのかな。母親はなんと？」

「大助どのが誰とも会いたくないと言っているそうなのです。もう、このまま会えなくなってしまうのかと思うと……」

剣之助の言葉に、るいが嗚咽《おえつ》を漏らした。

「そんなことはあるまい。またしばらくして屋敷を訪ねてみるがよい。そのときもはっきりしなければ、父も何とか手を貸そう」

「父上、お願いいたします」

るいが泣きそうな顔で哀願した。

場合によっては中井十右衛門に会ってみてもいいと、剣一郎は考えた。

二

二日後、朝から風の強い日だった。風烈廻り与力として同心の礒島源太郎《いそじまげんたろう》と只野平四郎《ただのへいしろう》を伴い、市中の巡回に出ていた。

しばらく雨が降っていない。強風の中でひとたび火災が発生すれば江戸はたちまち火の海となるであろう。火の粉は風に乗り、どこまでも類焼するやもしれぬ。

火の不始末だけでなく、付け火を企む者もいないとも限らない。各町内の火の見櫓《やぐら》にも見張りが立ち、火消しの連中も町を見回っている。

各町内の自身番に立ち寄り、火の用心を徹底させ、本郷《ほんごう》から下谷《したや》、そして浅草《あさくさ》から両《りょう》国《ごく》へとまわってきた。

茶店の前で数人の男がしゃがんだ年寄りの周りに集まっていた。

「どうした、何かあったのか」

剣一郎は近づいて声をかけた。

「へえ。金を落としてしまったそうなんですよ」

職人ふうの男が含み笑いをして答えた。

「最初からただ食いしようとしていたんですよ」

別の男が応じた。

「このお客さんが団子を食べて甘茶を飲んだあとでお金をなくしたって騒いだんでございます」

店の亭主らしい男が出てきた。

「とっつあん、そうなのか」

「とんでもねえ。ほんとうに財布をなくしてしまったんです」

年寄りが顔を上げて訴えた。

貧しい身形《みなり》の年寄りだ。誰も信用せず、てんからただ食いと決めつけているようだ。

「とっつあん。もう一度きくが、ほんとうに金を落としたのだな」

　剣一郎はしゃがんで年寄りの顔を見た。

「へ、へい」

　目をしょぼつかせて俯いた。おやっと思った。この男は以前もどこかで……。剣一郎はたちまち思い出した。

「よし。おやじ、いくらだ？」

　立ち上がって、剣一郎は亭主に顔を向けた。

「えっ、とんでもありません。旦那からいただこうなんて思っちゃいません」

「なあに、金を落としてしまったんだ。困っているときはお互いさまだろう。それから土産《みやげ》に団子を少し包んでやってくれ。ほれ」

　剣一郎は財布から金子《きんす》を出した。

「旦那。こいつは以前にも他の店で同じことを言ってただ食いしたんですぜ」

　それまで黙っていた隠居らしい男が口を出した。

「だからといって、きょうのことまで嘘だとは限らんだろう」

　亭主が団子の包みを持って来た。

「さあ、これを持って行け」

　剣一郎はそれを年寄りに渡した。

「旦那。すみません。金が出てきたらきっとお返しいたします」

年寄りが上目遣いで見た。狡賢《ずるがしこ》そうな目だ。

「いや。今度困っている人間を見たらとっつあんが助けてやってくれればいい」

剣一郎は大きな声で言ってから、さっと顔を近づけ、

「為三《ためぞう》。もう二度とこんな真似はするではない。よいか」

と、釘を差した。

年寄りは名前を呼ばれたものだから目をまわした。

へえと、土下座して観念した。

「さあ、行くぞ」

剣一郎は再び巡回のために歩き出した。

「青柳さま」

礒島源太郎が不審顔で、

「あれはほんとうに食い逃げをしようとしたのではありませんか」

ときくのを、

「なあに、もう二度とすまい」

と、軽く受け流した。

「根っからの悪ではないのだ」

「そういうものですか」

　礒島源太郎と只野平四郎は顔を見合わせた。

　ときとして舞い上がる土埃《つちぼこり》に何度も立ち往生するほどの強風だったが、それも夕方になって収まってきた。

「青柳さまの仰るとおりになりました」

　礒島源太郎が感嘆したのは、巡回に出たとき、空を見て、「この風は夕方には止《や》むな」

と剣一郎が呟いたことを言っているのだ。

「誠に。どうして、青柳さまは風が止むことがおわかりになられたのですか」

　只野平四郎も目を丸くしてきいた。

「なんとなくだ」

「なんとなく？」

　ふたりが同時にきき返した。

「長年このお役目をやっていればなんとなくわかってくる。風の声に耳を澄ませば、風が
教えてくれる」

「風が？」

「まあ、ひらたく言えば勘だ」

　剣一郎は答えたが、それだけ長く風烈廻りの職務を続けてきたことを物語っている。風

が湿りけを帯びていれば雨を呼び、乾いた風であれば……。

そこで、ふと先日の橋尾左門の言葉を思い出した。

「おまえなら吟味方にすぐになれそうなものだが」

周囲がそういう目で見ているのは、何も剣一郎の実力からだけではない。妻の多恵の力添えもあるからだ。

しかし、いっこうに剣一郎にそういう話がもたらされることはなかった。ひとからきかれれば左門に語ったように、俺などまだまだ人間が未熟だからと一応は言うが、内心では忸怩《じくじ》たるものがあるのは事実だった。

両国広小路《ひろこうじ》に差しかかった頃には辺りは薄暗くなっていた。

見世物小屋も水茶屋も店を畳みはじめている。両国橋を渡るひともなんとなく気ぜわしくなっているようだ。

米沢町《よねざわ》に向かいかけたとき、薬研堀《やげんぼり》のほうから駆けてきた浪人がいた。

「何事でしょうか」

只野平四郎が緊張した声を出した。

すぐに人込みに隠れてしまったが、まさかと剣一郎は呼吸を乱した。浦里左源太の面影を見たのだ。

浪人は両国橋を渡るのかと思いきや、柳橋のほうに向かった。両国橋もひとの往来が激しい。

「待て、俺が行く」

ふたりを制し、あとを追った。が、距離があったので、あっけなく見失ってしまい、剣一郎は河岸に佇《たたず》んだ。

果たして、今の浪人が浦里左源太だったのかどうかわからない。似ていたような気もするが、左源太が江戸にいるらしいという噂話を聞いていたために、別人を見間違えたのかもしれない。

この界隈は船宿が並んでいる。どこかから三味線の音も聞こえる。まさか、船宿に入るとは思えないから、この河岸伝《づた》いを行ったか、あるいはとうに橋を渡って遠ざかってしまったのだろう。

通りがかりの者や船をもやっている船頭に訊《たず》ねるまでもないと、剣一郎は同心たちのもとに戻った。

「見失った」

怪訝《けげん》そうな顔の同心たちといっしょに奉行所に向かいかけたとき、薬研堀のほうで騒ぎがしていた。

岡っ引きが走って行くのが見えた。

「何かあったようでございますね」

礒島源太郎が言うと、

「ちょっと見て参ります」

と言うや否《いな》や、只野平四郎は駆け出していた。

すぐに平四郎が戻って来た。

「武士が斬り殺されています」

さっき逃げるように走って行った浪人の姿が脳裏を横切った。

薬研堀に向かいかけたとき、同心の植村京之進《うえむらきょうのしん》が走って来るのを見た。剣一郎は役目が違うので、そのまま奉行所に向かった。


翌日、出仕して、定町廻同心の植村京之進がやって来るのを待った。

たいがい同心は与力に付属しているのであるが、この定町廻同心は与力の支配下にはなく、奉行直属であり、同心だけの掛である。

しかし、そういう掛とは別に、与力、同心は五つの組に分けられている。町奉行所の配下には南北にそれぞれ与力二十五騎、同心百二十人ずつがいるが、皆いずれかの組に所属しているのだ。

剣一郎と植村京之進は三番組に所属している。したがって定町廻同心という掛に対しては役儀は違うが、ふたりは同じ組の上司と部下という関係にあった。

京之進が顔を出したのは夕方近くであった。きのうの事件で聞き込みに走り回っていたそうだが、剣一郎が探していると耳にし、すぐに剣一郎に連絡をとった。

同心たちから青痣与力と畏敬の念を持って慕われているが、その中でも京之進がもっとも剣一郎を信奉しているようだ。

「薬研堀で殺された侍の身元はわかったのか」

「まだです」

「下手人もまだだろうな」

「はい。浪人者だということしかわかりません」

「浪人者？」

剣一郎は胸が騒いだ。

「殺された侍が浪人者のあとを尾《つ》けて行くのを、通りがかりの大工が見ていたのです。が、遠目であり、前を行く浪人の顔は見ていなかったのです」

侍が事件に関係していると支配関係の問題があり、厄介なことになりかねない。特に、旗本や御家人などの幕臣が関係しているとなると奉行所は勝手には動けない。

だが、下手人が浪人者であれば奉行所の管轄だ。被害者が幕臣だろうが藩臣であろうが、奉行所の支配ということになるが、意趣返しに発展するかもしれない。特に、被害者が旗本や御家人の家来だった場合、仇《かたき》を討とうとする朋輩《ほうばい》が出て来るかもしれない。

「何か他に手掛かりは？」

「下手人は相当の遣《つか》い手であろうことが想像されます」

「相当の遣い手とな」

「はい。死体は喉を斬られておりました。殺された侍も手に竹刀《しない》だこがあり、腕に覚えがあったように思えます。そういう相手と闘って相手の喉を斬るというのはかなりの腕に違いないのではないでしょうか」

剣一郎は土埃が目の前を覆ったような錯覚に襲われた。

「すまぬが死体を見せてくれぬか」

死体は奉行所の裏庭に運び込まれている。

剣一郎は京之進の案内で死体を検めた。真先に喉の傷を調べた。喉仏に斜めに傷が走っている。その他には傷はない。

つまり、一撃で喉を襲ったものだ。この男とて剣をもって闘った。にも拘わらず、喉だけをやられている。

「まさか」

剣一郎は呟《つぶや》いた。

「えっ」

京之進が顔を向けた。

「いや。なんでもない。この者の身元や下手人のことで何かわかったら知らせてくれないか」

京之進に頼み、剣一郎は奉行所を後にした。

夕方になると肌寒いような風が吹いてきた。いや、風を冷たく感じているのは心の中だと気がついた。

逃げるように走って来た浪人が浦里左源太に似ていたことと、相手の喉を斬り裂いた浪人というのが頭の中で交錯していた。

考え過ぎかもしれない。喉を斬る秘技を左源太が会得したかどうかわからない。それに、大北藩に仕官した左源太が江戸に舞い戻っているはずはない。江戸詰めとして来ていたとしても、藩邸暮らしであろうから浪人などしているはずはない。

その一方で、ひょっとしたらという思いも消えない。何らかの事情で、禄を離れた可能性もなくはない。

だんだん、きのうの浪人が左源太であるように思えてきた。が、すぐに自分で否定する。そんなことはあり得ない。ばかなことを考えるのはやめようと、剣一郎は自分を戒《いまし》めた。

三

数日後の非番の日、剣一郎は真下治五郎《じごろう》を訪ねて向島《むこうじま》に向かった。

真下治五郎は江戸柳生の新陰流の達人で、剣一郎の剣の師である。五年ほど前まで神田《かんだ》佐久《さく》間《ま》町に道場を開いていたが、今はその道場を伜《せがれ》に譲って隠居し、向島で若い妻女といっしょに住んでいる。

八丁堀《はっちょうぼり》組屋敷の堀から乗った船は富島《とみしま》町一丁目、霊岸《れいがん》島をくぐって箱崎《はこざき》町、永久《えいきゅう》橋を通り、田安《たやす》家の下屋敷を右手に両国橋に出た。

船頭の櫓を漕ぐ規則正しい音を耳に入れながら、剣一郎はあの喉仏に斜《なな》めに走った傷のことを考えていた。あれは噂に聞く絶命剣の太刀筋《たちすじ》ではないのか。

苦しめることなく一撃のもとに相手を絶命させる。この神業のような剣技は幻の技だ。

柳橋《やなぎばし》の料理茶屋の大屋根が浅草御米蔵の白壁に代わり、駒形《こまがた》堂を過ぎて浅草寺の五重の塔が目に入ってきた。

船は向きを変え、三囲《みめぐり》神社と牛《うし》の御前《ごぜん》社の鳥居《とりい》を目指して岸に近づいて行く。

船は三囲神社の鳥居の前にある船着場に到着した。ここから対岸の山谷《さんや》堀の船宿竹屋《たけや》まで渡し船が出ている。

土手に上がって歩き始めた。三囲神社境内《けいだい》に萩が見事に咲き、野辺には彼岸花《ひがんばな》の鮮やかな赤い色。長命寺《ちょうめい》を過ぎ、やがて鬱蒼《うっそう》とした樹間に真下治五郎の家が見えてきた。

家の前で誰かがこっちを見ていた。近づいて行くと、作務衣《さむえ》姿の治五郎だった。

「おう、青柳さんか」

白髪の治五郎が目を細めて、それからすぐに奥に向かって、

「おい、青柳さんだ。早く、酒の支度」

と、大声を出した。

「先生、酒なら持参しました」

師への土産《みやげ》にいつも徳利《とっくり》を持って来る。

「よう来た。さあ、上がって、上がって」

治五郎はせっつくように言う。

座敷に落ち着くと、治五郎より二十近くも若い妻女おいくが茶を持って入って来た。

「青柳さま。ようお越しで。いつも青柳さまの噂をしているんですよ」

三つ指ついて挨拶するのを、

「さあ、早く支度を」

と、治五郎は子どものように急《せ》かした。

「はいはい」

おいくが奥に引っ込んだ。

「奥さまはいつ見てもお若くてお美しいですね」

「何を言うか。自分じゃ多恵どののほうが美しいと思っているくせして」

「いえいえ、奥さまのほうが」

治五郎は満足そうに笑った。

おいくが膳を抱えて戻って来た。

酒を酌み交わし、

「剣之助はどうしている。まだ元服させないのか」

と、治五郎がきいた。

「はい。そろそろいいかなと思っております」

「さあ、どうぞ」

おいくが剣一郎に勧めた。

「はい」

酌を受けながら、なぜ師はこのような女性を妻にすることが出来たのだろうと、またもそんな疑問を抱いた。

「最近、だんだん体もいうことをきかなくなった。わしも歳だ」

「何をおっしゃられますか。先生はまだお若い」

「いずれわしが先に死ぬ。ひとり残ったおいくが心配だ。青柳どの。そのときはおいくのことを頼んだ。この通り」

師が真顔で言うので、剣一郎は返事に窮《きゅう》した。頼まれても、実際何をしたらよいのか。そんなことを考えたら急に落ち着かなくなった。

おいくが席を立ってから、剣一郎は口調を変えて、

「先生。ちょっとお訊ねしたいことがあるのですが」

と、切り出し、

「浦里左源太を覚えておいででしょうか」

「おう、左源太か。鬼のような剣を遣う男だった。確か、陸奥のほうの藩に仕官したと聞いているが」

「はい。その左源太が江戸に舞い戻っているという噂を耳にしました」

「ほう、左源太が戻っているのか」

「いえ、噂に過ぎません。先生のところにはそんな噂は入っていないのですね」

ときたま昔の弟子や、今道場を継いでいる伜なども訪ねてくる。そういう者から噂話として入ってくる可能性を考えたのだ。

「ない」

「そうでございますか」

ほっとしたようながっかりしたような複雑な気持ちになったが、気持ちを引き締めてさらにきいた。

「先生。絶命剣のことですが」

「絶命剣……」

思いがけない言葉を耳にしたように、師は口を半開きにした。

「絶命剣とは、あの邪剣のことか」

「はい。先生、いま絶命剣を会得したものがおりますでしょうか」

「おるまい」

師はきっぱりと言い放った。

「あれは人殺しの剣だ。暗殺剣だ。そのような剣を学ぼうとする者がいるとは思えん。仮にいたとしても、その秘技を身につけるなど至難の業だ」

かつて絶命剣の虜《とりこ》になり、懸命に練習をしていた男を師は知っているという。だが、その男はついに技を習得することなく、気が触れて死んだ。それほど過酷な修練が必要であるという。

「左源太はいかがでしょうか。左源太が絶命剣を会得することは考えられましょうか」

「左源太とて無理であろう。ただし」

剣一郎は覚えず身を乗り出した。

「ただし、神尾主膳《かみおしゅぜん》の師事を得れば可能かもしれん」

「神尾主膳は生きているのですか」

神尾主膳は謎の人物だ。たまに道場に立ち寄る諸国修行の武芸者たちから噂を聞いただけだ。剣を持たなければ、小柄で何の変哲もない老人だという。どんな術を使うのか、立ち合った相手は何一つ手出しが出来ないままに一撃で喉を斬られて絶命してしまうという。

ところが、師の治五郎も若いとき、神尾主膳の決闘に偶然立ち合ったというのだ。

そのとき、はじめて絶命剣を見たのだ。相手は一刀流の達人であったが、神尾主膳は一撃のもとに倒したのだ。

師が絶命剣の話をしたとき、左源太は目を爛々と輝かせて聞き入っていた。

そのあとで、左源太が興奮ぎみに剣一郎に言った。

「絶命剣。一度、この目で見てみたい」

「剣はひとを殺すためのものではない」

剣一郎が言うと、左源太は何も答えなかった。だが、数日後、左源太が河原で剣を握っているのを見た。

「左源太、何をしている?」

近づいて声をかけた。

「わからん。どうしたら喉だけを斬れるのか」

剣を持ったまま恐ろしい形相《ぎょうそう》で呟く左源太に、剣一郎は驚いたものだ。左源太は絶命剣にとりつかれていると思ったのだ。

大北藩に仕官したあとも、左源太は絶命剣のことを忘れずにいたのか。そうだとしても、絶命剣を会得出来たということとは別だ。

治五郎は神尾主膳から教示を受ければ会得は可能だと言ったが、神尾主膳は相当な高齢なはずだ。

「なぜ、今頃絶命剣のことを言い出したのだな」

治五郎の声に、剣一郎は我に返った。

「はい。じつは薬研堀で侍が喉を斬られて死んでおりました。傷は喉だけ」

「ほう」

「その侍も刀を抜いており、刃を交えた上での喉の傷。ふいを襲っての傷ではありませぬので、もしやと思ったのです」

その傷から絶命剣を連想し、それが左源太に結びついたのだと、師は察したようだ。

「左源太が絶命剣を会得したとは思えん」

治五郎は懐疑的に見ていた。

左源太のことが頭にあったので、絶命剣と結びつけてしまったが、あの喉の傷は刃を交えていて弾みで与えたもので絶命剣とは別なのかもしれない。

「何やら難しいお話なのでしょうか」

いつの間にか、おいくが来ていた。

「あっ、これは失礼いたしました。いえ、もう終わりました」

剣一郎はあわてて答えた。

だが、口を真一文字に結んだまま、師はじっと考え込んでいた。


治五郎の家を辞去し、剣一郎は墨堤《ぼくてい》を戻った。隅田《すみだ》川のほうから西陽が射してくる。向島の水路や水田の水がきらめいている。畦道《あぜみち》を百姓が歩いている。のどかな風景だ。百舌《もず》の鋭い啼《な》き声。が、続いての声はひとの悲鳴のようだった。

剣一郎は耳を澄ました。叫び声を聞いたとき、脱兎《だっと》の如くに駆け出した。

寺島《てらしま》村に下る道を行ったところで、三人の無頼漢《ぶらいかん》が母子と思える三十ぐらいの女と十二歳ぐらいの男の子に絡んでいた。

「待て」

大声を発して、剣一郎はその中に躍り出た。

母子を庇《かば》うように立ってから、

「てめえたち、何をしやがるんだ」

と、怒鳴った。

無頼漢どもはちょっと怯《ひる》んだようだったが、中の図体のでかい若い男が、

「さんぴんは引っ込んでいろ」

と、匕首《あいくち》を抜き、歯茎を剝《む》き出しにした。他のふたりもすかさず匕首を手にした。

「この界隈で行楽にやって来た客が金を巻き上げられるという事件が多発している。てめえたちがその犯人か」

剣一郎は刀の柄に手をかけた。

「てめえたちのような弱いものいじめをする者を見ると、この頰の青痣が疼《うず》くんだ。容赦しねえぜ」

「青痣与力だ」

もやしのような若い男が叫んだ。

「なに、青痣与力だと?」

図体のでかい男が目を見開いた。

「いかにも、八丁堀与力青柳剣一郎だ」

剣一郎の頰の疵《きず》は当番方与力だった頃に人質事件で捕物出役したときに受けたものだ。同心たちが手こずっていた賊十人のところに単身で乗り込み、十手一つで叩きのめした。このときに受けた疵が青痣となって残っている。その刀疵は剣一郎の豪胆さを示すものと

して周囲の者に見られている。

この青痣が出来てから、剣一郎の優しげな面差しに精悍さが加わり、風格のようなものが備わってきた。それからひとは青痣与力と呼ぶようになった。

「俺は定町廻り同心とは違うからな。しょっぴいていこうとは思わぬ。斬る」

剣一郎は祖父の代からの山城守国清《やましろのかみくにきよ》銘の新刀上作の剣を抜き、やや半身になって正眼に構えた。

わあ、と叫び声を発し、三人はあわてて退散した。

「ちと、威《おど》しが過ぎたか」

剣一郎は苦笑しながら剣を納め、改めて母子に向かった。母親は手に風呂敷包を抱えていた。

「怪我《けが》はないか」

「はい。危ういところをありがとうございました」

百姓の女房ふうだ。男の子も百姓の身形《みなり》をしているが、どことなく凜々《りり》しい顔立ちだ。

「長命寺からつけて来たらしく、いきなり取り囲まれました」

「ところで、どちらに行く？」

「はい。故《ゆえ》あって、新梅屋敷《しんうめやしき》の裏手にある権作《ごんさく》というお方の家を訪ねるところでございます」

「権作さんか」

いわくのありそうな母子が気になり、

「よかったら名を教えてくれないか」

と、剣一郎はきいた。

「はい。私はお袖《そで》。この子は祥吉《しょうきち》と申します」

傍らにいた祥吉が丁寧に頭を下げた。

「そうか。私は青柳剣一郎。送って行こう」

「ありがとうございますが、もうだいじょうぶでございます」

お袖は遠慮した。

「あっ、良寛坊《りょうかんぼう》さまが」

祥吉という子が叫んだ。

行く手のほうから、手に笠を持ち、衣《ころも》姿の草鞋《わらじ》履《ば》きの旅の僧らしき男がやって来た。

「どうなさったのか。遅いので迎えに参った」

「良寛坊さま。申し訳ありません。長命寺で目をつけられたらしく、ごろつきに因縁をつけられました。困っているところを、青柳さまに助けていただきました」

ちらちらとこっちを気にしていた僧が、改めて剣一郎に顔を向けた。

「これは危ういところをかたじけなく存じます」

「いや、とんでもござらん」

「それでは、先を急ぎますゆえ、これにて」

良寛坊と呼ばれた僧は母子を促《うなが》した。

三人が去って行く後ろ姿を見送り、剣一郎は小首を傾げた。いったい、どのような者たちなのであろうか。

百姓にしては教養のありそうな母親、武家の子息といっても通りそうな凛々しい顔だちの男の子。それに、旅の僧。

三人の姿が視界から消えて、剣一郎は身を翻し、再び土手道に向かったが、今の三人のことが頭から離れなかった。特に祥吉という男の子だ。百姓の子のようにしているが、あの面構《つら》え、物腰、どうみても武士の子のようだ。

気になりながら、剣一郎はすっかり暮れてきた墨堤を急いだ。

四

剣之助は大北藩上屋敷に来ていた。広大な敷地は通りに面して長い塀が続いている。海鼠《なまこ》塀の上部は塗塀で連子《れんじ》窓がある。藩士たちの住む表長屋である。その前の長い道を行ったり来たりしていた。

中井大助はここにいないのだ。藩士が出てきたら誰でもいいから声をかけて大助のことをきいてみる気でいたが、えらそうな武士が出入りするだけで、若そうな侍はいっこうに出て来なかった。

諦めてとぼとぼと塀沿いを歩いていると、三味線の音が聞こえてきて顔を上げた。木綿《もめん》の衣服に小倉の帯。手甲をはめ、白足袋《たび》に東下駄。丸い菅笠をかぶり三味線を抱えたふたりの女と、木綿の着物を端折《はしょ》り、目倉《めくら》縞の股引きに麻裏草履を履き、頭上に目笊を載せた中年の男が屋敷の窓の下をゆっくり歩いている。

門付け芸人の女太夫だと、剣之助は生唾を呑み込んだ。正月の松の内は鳥追女として門付けに歩くが、平生は女太夫という。

楚々とした風姿なのに、どこか淫らな感じがするおとなの世界に入り込んだような粋な声と淫靡《いんび》な色香。

少し離れた連子窓から声がかかり、女太夫はそっちに移動した。勤番侍が声をかけたようだ。

女の柳腰に見惚れていると、すぐ近くの連子窓から呼ぶ声。女太夫を呼んでいるのかと思いきや、

「おい、そこの若い男だ」

と、一段と声が大きくなった。

剣之助は自分が呼ばれたのかと思い、

「私でしょうか」

と、すぐ頭の上の連子窓に顔を向けた。

「他に誰もいないだろう。おまえだ」

よくよく見れば、鼻の横に大きな黒子《ほくろ》のあるいかにも垢《あか》抜けない若い侍だ。勤番者のようだ。

「おまえ、中井大助を探しているらしいな」

「大助どのをご存じですか」

「ああ、知っている」

「今、どこにいるかわかりますか」

「病気療養中だ」

「そのことは知っています。療養先を知りたいんです」

「藩の者も知らないんだ」

「なんだ、知らないのですか」

「中井の家の者が誰も言わないからな。だが、俺は知っている」

「ほんとうですか」

「ほんとうだ。知りたいか」

「はい。教えてください」

「だめだ」

「えっ」

「ただじゃだめだ」

「そんなこといって、ほんとうは知らないんじゃないんですか」

退屈紛《まぎ》れにからかっているに違いないと、剣之助はむっとした。

「知っているから知っているんだ。中井の家の者が周囲には言わずとも上役にきかれれば答えねばなるまい。それを俺は聞いているんだ。間違いない」

「あなたは勤番のお侍さまでしょう。江戸定府の中井さまと親しいはずがありません」

「いかにも俺は勤番者だ。だが、去年の春に出府された殿さんが今年の春に帰ったが、俺はそのまま留め置き。来年やって来る殿といっしょに帰るから国元に行くのは再来年。だから、中井どのとは話す機会があるのだ。それに中井どのは勤番だろうが江戸詰だろうが対等に接してくれるでな」

ちょっと饒舌《じょうぜつ》なところにひっかかるが、偽りとも思えない。

「わかりました。いくらで教えていただけるのですか」

剣之助は夢中できいた。

「あれだ」

「あれ？」

格子の隙間から侍が指を示したほうに目をやると、さっきの女太夫が呼ばれた連子窓の下で三味線を弾いて唄っている。

「あの者にここで一つ唄ってもらいたい」

剣之助は呆れ返った。

「いやならいい」

「いや、構いません。でも、いくらかかるのでしょうか」

「さあな。御祝儀だというからな。まあ、二百か三百文か」

そのぐらいなら何とか出せそうだ。

迷っていると、頭の上で大声がする。さっそく女太夫を手招きしているのだ。

「じゃあ、早く教えてください」

あわてて剣之助はきいた。

「終わってからだ」

「あとで知らないと言われたら困ります。先に」

「そっちこそ聞いたらそのまま逃げてしまうということもあり得る」

押し問答していると、女太夫が近づいて来た。

「お呼びはこちらでしょうか」

目笊を頭に載せた男が腰を低くきいた。

「そうだ。祝儀はこの者からもらってくれ」

勤番の侍は剣之助を指さした。

「いえ。話を聞かないのにお金は払えません」

「おい、信用しないのか」

侍が気色ばむ。

「どうしましたえ」

男が剣之助に声をかけた。

剣之助は男の顔を見ると、すぐ後ろにいる女に目がいった。笠の内から細い顎《あご》と形のよい小さな唇が覗《のぞ》いた。その口許に微笑を浮かべた。瞬間、全身に何かが走り抜けたような衝撃を受けた。頬から顎にかけての赤い笠紐が女の顔の透き通るような白さを際立たせている。若い。剣之助より一、二歳上だろうか。

もうひとりは年増だが、淫靡な香りが漂っている。

「おい、若いの。教えてやる。根岸《ねぎし》にある小野屋《おの》という菓子店《だな》の寮だ。なんでも、女中の実家らしい」

「根岸の小野屋の寮ですね。ありがとうございました」

剣之助は連子窓に向かって礼を言い、すぐ目笊の男に、

「これであのひとたちに芸を披露してあげてください」

と、三百文を出して頼んだ。

男は苦笑した。

「祝儀の前渡しははじめてでございます。どのような事情かわかりやせんが、精一杯務めさせていただきやす」

いつの間にか、連子窓にはたくさんの顔が集まっていた。

剣之助は女太夫に一礼して身を翻した。すぐに三味の音が聞こえ、覚えず立ち止まって振り返った。若い女がこっちを見ていた。

あわてて会釈をし、剣之助は足早に離れて行った。


翌日、剣之助は正助を連れて根岸に向かった。

るいがいっしょに連れて行ってくれと言ったが、根岸まで距離があり、るいの足では無理だと言い聞かせ、その代わり、おまえのぶんまで十分に中井大助を見舞ってくるとなだめたのだ。

「若さま。ほんとうに根岸にいるのでしょうか」

正助が半信半疑の体《てい》できく。剣之助より四つ歳が上だから兄のような存在であり、剣之助にはたのもしい家来だった。

「あの侍の言葉は嘘だとは思えない」

気がせいているので、自然と足が速まる。

おそらく胸の患いであろう。労咳だ。まだ、十二歳の大助にそんな病魔が襲い掛かるとは痛ましいと胸を締めつけられながら、上野山下《やました》から入谷《いりや》を過ぎ、やがて根岸にやって来た。

前方に五行の松が見えてきた。鶯《うぐいす》や雲雀《ひばり》が啼き、文人墨客や豪商などの寮が多いところだ。

通り掛かった百姓や商人ふうの男など、誰彼となくきいて、ようやく小野屋の寮の場所がわかった。

音無川《おとなしがわ》の手前を右に折れた雑木林に囲まれた中にこぢんまりとしているが、粋な佇《たたず》まいの寮が見えた。

ちょうど庭掃除をしている年寄りがいたので、剣之助は声をかけた。

「小野屋さんの寮ですね」

「そうですが」

箒《ほうき》を動かす手を休め、小柄な年寄りが顔を向けた。

「私は青柳剣之助と申します。中井大助どのの知り合いです」

「中井大助？」

年寄りは怪訝そうな顔をした。

「大北藩中井十右衛門さまのご嫡男の大助どのです」

「はあ」

剣之助はふと不安を抱きながら、

「こちらに大助どのが出養生に来ていると伺ったのですが……」

「いえ。そのような御方は存じあげません」

「しかし」

剣之助はあとの言葉が続かなかった。

勤番侍が嘘をついたのか、それともこの年寄りが隠しているのか。

「こちらで、どなたか養生をなさっておりますか」

「いや、誰も」

だんだん年寄りは不機嫌そうになってきた。

仕方なく、剣之助はそこから離れた。すると、さっきから姿を消していた正助がやって来て、

「寮の庭に忍び込んでみましたが、病人がいるようには思えませんでした」

と、不思議そうに言った。

「騙《だま》されたんだ」

剣之助は憤然として足を速めた。

「どうなさるので？」

「きのうの勤番侍に文句を言わなきゃ腹の虫が収まらない」

嘘をつかれた上に、女太夫への祝儀を肩代わりさせられたのだ。

根岸から再び上野山下を通り、筋違橋《すじかい》を渡ったとき、三味の音を聞いて覚えず立ち止まった。音は風に乗って流れてきたのだ。

風上に目をやると、柳原の土手を両国のほうに向かって行く女太夫の一行が目に入った。きのうの女太夫だろうか。

気持ちは女太夫に惹かれたが、大きく深呼吸をして、剣之助は迷いを振り切って先を急いだ。

木挽町の大北藩上屋敷に辿り着いた。屋敷をぐるりとまわり、きのうの場所にやって来た。

「もうし、もうし」

剣之助は連子窓に向かって呼びかけた。

「誰だ。うるさい」

顎の尖った男が顔を覗かせた。

「鼻の横に大きな黒子のある御方はいらっしゃいますか」

その声が聞こえたのか、

「なんだ?」

と、きのうの侍が顔を出した。

「ひどいじゃないですか」

「おまえはきのうの若者か。なんだ、いきなり」

「嘘をついて」

「嘘だと?」

「そうです。中井大助は根岸にはいませんでした」

「いない?」

「とぼけないでください」

「ちょっと待て」

侍が引っ込んだ。

しばらく経って長い屋敷の塀沿いの道を小走りにやって来る侍がいた。近づいて来て、はあはあ言っている。鼻の横に黒子があり、どこか愛嬌のある顔だった。

「中井大助がいなかったというのはほんとうか」

息を鎮めてから、侍がきいた。

「ほんとうです」

「変だな」

「変？」

侍は真顔で小首を傾げた。

「俺は確かにこの耳で聞いたのだ。中井大助の母君が上役にそう話しているのを」

満更嘘とも思えない。

「じゃあ、どういうことでしょうか」

「俺だってわからんよ」

「あなたが嘘をついたわけではないんですね」

「冗談じゃない。俺は嘘などつかん。なれど、結果的には偽りを教えてしまったことになるな」

勤番侍はしゅんとなって、

「俺は松中宗助《まつなかそうすけ》という。おぬしの怒りも無理はない。こうしよう」

「なんですか」

「もう一度、中井大助の行方を確かめてみる。そして、おぬしに教えよう。それで勘弁してくれ」

「ええ、いいでしょう」

「じゃあ、明日、いや余裕をもらって明後日だ。明後日の今頃またここに来てくれ」

「わかりました」

「じゃあな」

すぐ引き返そうとするので、

「松中さま」

と、呼び止めた。

「なんだ？」

「きのうもそうですが、こんな天気のよい日に閉じこもって何をなさっているのですか」

ちょっと返事に詰まったようだが、

「内職さ。金がなくて遊びにも行けん」

と、自嘲気味に呟いた。

帰る道すがら、剣之助は無意識のうちに女太夫を探している自分に気づいてあわてていた。

何度か振り払い、思いを中井大助に向けた。だが、若い女太夫の笠の内の顔が水中から浮かび上がるように目の前を過《よぎ》り、たちまち胸を切なくした。

五

その日、七つ（約四時頃）に、剣一郎は奉行所を退出した。巡回には着流しに巻羽織という姿だが、出勤は継上下、平袴に無地で茶の肩衣、白足袋に草履を履いている。

門の前で奉行所に戻ってきた定町廻りの植村京之進と出くわした。

剣一郎は気になっていたことを訊ねた。

「殺された侍の身元はわかったのか」

「それがいっこうにわからないのです。ひょっとすると、江戸者ではない可能性があります」

「勤番者とも違うというのだな」

「はい。どこからも何の問い合わせもありませぬ」

「で、下手人の浪人者のことも？」

「残念ながら」

京之進は悔しそうに顔をしかめた。

「何かわかったら教えてくれ」

「はい」

なぜ興味を持つのか、京之進は不思議そうな表情をしていたが、剣一郎はそのまま会釈をし、槍持、草履取り、挟箱《はさみばこ》持、若党らの供を従えて歩き出した。

堀沿いから比丘尼《びくに》橋を渡り、京橋川に沿って行くいつもの道だが、ときおり足取りが遅くなるのは考え事をしているからだ。

喉を掻っ切られて死んでいた侍。喉の傷はたまたま絶命剣のものと似ていただけなのか。それより、逃げるように走り去った浪人は左源太ではなかったのか。その思いが頭にこびりついている。

ふつうに考えれば左源太であるはずがない。江戸詰めになったとしても大北藩上屋敷に住むはずだし、ましてや浪人の姿でいるはずはない。

それより、江戸に出てきたのならこっちに顔を出すはずではないか。そう考えると、左源太とは別人だったとしか思えない。

しかし、左源太を見かけたという者もいるのだ。剣一郎も似た人間を見ており、少なくとも左源太に似た男がいるのは事実だ。

楓川《もみじがわ》を新場橋で渡った一帯を八丁堀と総称しており、剣一郎の組屋敷は北島町《きたじま》にある。

組屋敷の冠木《かぶき》門に差しかかると、若党の勘助が一足先に門を潜って、「おかえり」と奥に向かってよく通る声で報《しら》せた。

冠木門を潜り、小砂利を敷いた中を玄関に行く。式台付きの玄関に多恵と娘のるいが出迎えた。八丁堀以外の旗本では、玄関に妻女が出てくることはない。奥方はまさに奥の役目だけを負っているのであり、玄関への送り迎えは用人がする。

「剣之助は？」

差料を多恵に預け、居間に向かいながらきいた。

「また大助さまのことで出かけております」

るいが後ろから言った。

またも大助が大北藩士中井十右衛門の嫡男であり、左源太も国元にいるとはいえ大北藩士であることとの偶然に思いが向いた。

着替え終えたときに、剣之助が帰って来た。

「ただいま、帰りました」

「大助の手掛かりは摑めたか」

「いえ、だめでした」

剣一郎はおやっと思った。剣之助の表情に微かに高揚が見られる。大助のことであれば父にも報告があるはず。別のことで、大助に何かがあったのか。

思いつくのはお志乃《しの》という御家人の娘のことだ。無頼漢から助けたことが縁で親しくなり、その後何度か会っているようだが、向こうの母御は奉行所与力の伜との交際を快く思っていないらしい。

なにしろ、奉行所与力は罪人を扱うということで卑《いや》しめられている。不条理だと思うが、今の世の中ではそうなのだ。

奉行所与力の伜ということでお志乃との関係に差し障《さわ》りが生じたのかもしれない。だが、剣之助の表情はそういった種類の苦悩とは別のようだった。

少し安心したあとで、またもや左源太のことが頭を占めてきた。

気になる。左源太ではないにしろ、似た侍を見つけたい。よし、明日は非番だ。左源太、いや左源太に似た浪人を探してみよう。そう決心して、ようやく心が落ち着いてきた。

翌日の昼過ぎに、呼んでおいた小間物屋の文七《ぶんしち》がやって来た。多恵の父親に恩誼《おんぎ》があるらしく、文七は多恵の依頼により剣一郎の手伝いをするようになった男だ。二十四歳で、端整な顔だちの中にも厳しさと孤独の影を漂わせている。

「遅くなりました」

文七はいつものように庭にまわって来た。

「ご苦労。さっそくだが、出かけるぞ」

剣一郎は立ち上がった。

まだ、文七には用向きは伝えていない。

屋敷を出るとき、若党の勘助が文七をうらめしげに見ていたが、剣一郎の手助けを横取りされることが面白くないのだろう。

両国広小路にやってきた。見世物小屋や掛け茶屋などが建ち並び、大道芸人も出て賑《にぎ》わっている。

このような人込みの中から左源太に似た浪人を探すのは至難の業だ。

左源太に似た浪人は柳橋のほうに走って行った。船宿の前を通り、町屋に入ってみたが、尋ね人と偶然に出会う幸運などあるものではない。

近隣の町の自身番に顔を出し、町内に住んでいる浪人のことを訊ねたが、左源太らしき男はいないようだった。

あのとき浪人がこっちに逃げたのは用心をしていたのだろうか。

（用心……）

そう言えば、あの浪人はいったんは両国橋に向かおうとして向きを変えたのではなかったか。

あのとき、両国橋を渡るつもりだったが、見知った顔がやって来た。だから、向きを変えたと思える。だとしたら、しばらく経ってから、改めて橋を渡ったとも思える。

剣一郎は両国橋に足を向けた。文七は何も言わずについて来る。川から賑やかな三味と太鼓の音。屋形船を繰り出し、昼間からどんちゃん騒ぎをしている輩がいる。

両国橋を渡ったところで、当てがあるわけではない。それでも回向院まで行き、その界隈を歩き回り、そして回向院裏にも足を向けた。

「青柳さま。どなたをお捜しでしょうか」

一つ目《ひとつめ》弁天を過ぎ、竪川《たてかわ》にかかる一つ目の橋に出たときに、それまで何も言わずについて来た文七が口を開いた。

「うむ。昔馴染みの浦里左源太。いや、今は波多野左源太といい、大北藩の藩士だ」

剣一郎はそう切り出し、先日見かけた浪人の話をした。

「その浪人が左源太であるかはっきりしない。だが、似ている。気になるのだ。じつは、それより少し前に薬研堀で殺しがあった。その浪人が関係しているかどうかわからないが……」

「わかりやした。あっしが探してみやす。特徴を教えていただけますか」

「やってくれるか」

剣一郎は左源太の特徴を話した。

身の丈五尺三寸、肩幅は広い。眉が濃く、ややつり上がった目。鼻は細く高い。これは、昔の左源太の特徴だ。十年経って体型に変化があるかもしれないが、先日見かけた浪人が左源太だとしたらあまり体型に変化はない。

「そうそう、左源太の左の二の腕に一寸ほどの傷がある」

文七は頭にたたき込むように何度か頷き、

「じゃあ、さっそく探してみます」

文七は町内を歩き回り、家主などに聞いてまわるのだろう。

「頼んだ」

文七と別れてから両国橋を戻った。途中、橋を渡って来る母子連れとすれ違った。男の子が手に持つ風車がくるくるまわっていた。

先日の母子のことが思い出された。姿はそうでも、百姓とは思えなかった。特に、男の子は侍の子のようだし、母親のほうも教養がありそうだ。それより、いっしょにいた旅の僧。あの三人は何者なのか。

陽は傾き出しているが、寺島村まで行って帰ってこれない時間ではない。そう思うや、剣一郎は急いで橋を渡り、船宿に駆け込んだ。

女将に向島まで頼むと、すぐに若い船頭が奥から出てきた。

剣一郎は船に乗り込む。

「吉原じゃないんですね」

若い船頭が冷やかすようにきいた。

「色っぽい話じゃない」

猪牙《ちょき》舟は風を切って進む。波が高く、舟は揺れたが、たちまち大川橋に近づき、やがて寺島村に近い渡し場に着いた。ここから橋場への渡し船が出ている。

土手に上がり、母子が向かった新梅屋敷裏手の百姓家に急いだ。

西陽を背に受け、土手から寺島村への道を下った。前方にこんもりとした杜。新梅屋敷だ。

江戸の風流人が友人から梅の木三百六十本を寄贈してもらって庭園を開いたもので、亀《かめ》戸《いど》の清香《せいこう》庵臥竜《がりゅう》梅の梅屋敷に対して新梅屋敷と呼ばれている。

近づくにしたがいひとが多くなる。新梅屋敷へ遊びに行く文人墨客だ。

新梅屋敷の裏手にある何軒かの百姓家を訪ね、ようやく権作なるものの家に行き当たった。

住いの横には牡丹やしゃくなげ、菊などの草花や盆栽などがたくさんあって、どうやら園芸兼業の農家らしい。

寄せ棟の住いに向かい、入口に立って薄暗い土間に声をかけた。

「こちらに、お袖と祥吉の母子がやって来たと思うが？」

出てきた浅黒い顔の女房に訊ねた。

「もういません」

女房は腰を低く答えた。

「しばらく逗留《とうりゅう》させて欲しいと言ってましたけど、一晩だけですぐ出て行ってしまったんです」

「どこへ行ったのかわからないかね」

「何も言いませんでしたけど、ふたりは隅田村のほうに行ったようです」

隅田村に向かって歩いて行く母子の姿を、亭主が畑から見ていたという。

「なぜ、急に？」

「お侍さんがうろついていたんです。それで、逃げ出したような感じでした」

「侍が？」

「はい。ただ、遠くからじっと見ているだけでしたけど」

「それは見張っているという感じだったのかね」

「そうでした」

「どうしてあの母子がここにやって来たんだね。知り合いだったのか」

「知り合いじゃありません。旅のお坊さんに頼まれて離れを貸すことにしたんです」

やはり、あの旅の僧が裏で糸を引いているようだ。いや、母子は逃げ回っているのかもしれない。

しかし母子は、なぜ逃げ回らなければならないのか。なぜ助けを求めようとしないのか。何か深い事情がありそうだ。

座敷のほうから赤子の泣く声が聞こえ、女は気にした。

「邪魔をした」

剣一郎が辞去しかけたとき、女房が思い出したように言った。

「きのう、薬売りの行商の格好をした男が母子の行方をきいていました」

「薬売りか」

その薬売りは見張っていた侍の仲間なのだろうか。

その後、剣一郎は隅田村まで足を伸ばしたが母子の行方はわからなかった。

六

道場の帰り、正助に道具を持ち帰らせ、剣之助は大北藩上屋敷に向かった。

表長屋にやって来て、松中宗助のいる連子窓の下に佇んだ。

それから四半刻（三十分）以上経った。待ちくたびれてきたとき、「おい、剣之助」と声をかけられた。連子窓に松中宗助の顔が覗いていた。

「何かわかりましたか」

「木挽橋の袂で待て。すぐ行くから」

松中宗助はすぐに首を引っ込めた。

剣之助は木挽町の町家を抜けて三十間堀川にかかる木挽橋の袂に佇んだ。川に船が走って行く。この先の木挽河岸に船宿が数軒並んでいる。

今度は待つ間もなく、松中宗助が駆け足でやって来た。

「悪い悪い」

急いで来たらしく息を弾《はず》ませながら言った。

最初の印象と違い、それほど悪い人間でもなさそうだった。

「で、どうでした？」

「どうも妙なんだ」

「妙とおっしゃいますと？」

「大助の父親の中井十右衛門さまにじかにお尋ねしたのだ。そうしたら、大助は根岸のさる所で病気養生をしているとのお答えであった。それで、根岸のどちらですかと訊ねたら、急に不機嫌な顔になって、言う必要はないときついお言葉でな」

松中宗助は深刻そうな顔つきになり、

「これは俺の勘なんだが、大助はもう生きてはおらんのではないか」

と、声を潜めた。

「そんな、そんなはずはない」

剣之助は目を見開いて叫んだ。

「俺もそう思いたい。だが、病気療養なら、なにもあれほど頑《かたく》なに隠す必要はないはず。

なぜ、秘密にするんだ」

　何か反論したかった。だが、それが出来ない。松中宗助の言うように、剣之助も何もかも不思議だったのだ。

（大助はすでに死んでいる）

　それがほんとうのように思えてきて、胸の底から込み上げてくるものがあった。

「大助は何らかの事情で不慮の死を遂げた。その事情を周囲から隠すために病気ということにしたのではないか。いずれ、病死として藩にお届けがあるのかもしれない」

　平然と続ける松中宗助に反発を覚え、夢から醒《さ》めたように、

「嘘だ。大助が死ぬはずはない」

　と叫んだが、弱々しい声だ。

目に涙があふれてきた。るいになんと説明すればよいのか。

「剣之助」

　松中宗助が声をかけた。

「まだ、はっきりそうだと決まったわけじゃない。ただ、それを調べることは出来る」

「えっ、何をですか」

「大助が死んだかどうかだ」

「どうやってですか」

「中井家の菩提寺《ぼだい》がどこだか調べてみた。本郷《ほんごう》にある『立心寺《りっしん》』という寺らしい。もし、俺の推測が当たっていれば大助はこっそりその寺に祀《まつ》られたはずだ」

剣之助は胸の痛みに耐えかねて覚えずよろめいた。

「俺は江戸に不案内だから思うように動きがとれん。何かわかったら知らせてくれ」

「ありがとうございます。でも、どうしてそんなに親切にしてくれるのですか」

松中宗助は鼻の頭をかきながら、

「いや、この前の礼だ。女太夫だよ。声もいいが、女っぷりがたまらなかった。また、女太夫を呼んでもらおうと思ってな。そんな魂胆からだから礼には及ばないよ。そろそろ行かなければならない。じゃあな」

松中宗助は身を翻した。


それから一刻（二時間）後、本郷に来ていた。

探し回ってようやく立心寺を捜し当てた。日蓮《にちれん》宗の寺で、大きな山門の正面にある本堂はまだ新しい。

商家の内儀ふうの婦人といっしょに出て来た袈裟姿の若い僧侶がいた。内儀を山門まで見送って戻ってきた僧侶に声をかけた。

「お訊ねいたします」

「なんでございましょうか」

若い僧侶は涼しげな目元を剣之助に向けた。

「こちらに最近、十二歳ぐらいの男の子が埋葬されたことはなかったでしょうか」

「十二歳の男の子ですか。いえ、このふた月ほど、子どもは参ってはおりませぬ」

爽やかな声は偽りとは思えない。

「こちらは大北藩中井十右衛門さまの菩提寺だとお聞きいたしましたが」

「はい。中井さまにはお世話になっております」

「最近中井さまのほうでご不幸があったということはありませぬか」

「いえ、そのようなことはございません」

剣之助はほっとした。

「何か、ございましたか」

「いえ。私は中井さまと親しくおつきあいをさせていただいております。こちらに来たついでに、お墓にお参りしていきたいのですが、場所を教えていただけないでしょうか」

「それはそれは……。さあ、どうぞ」

僧侶は案内に立った。

大きな墓だった。塔婆《とうば》も古く、新しい仏が祀られたという形跡はなかった。

僧侶が去って、中井家の墓に合掌してから寺を出た。大助に不幸がなかったことにほっとしたが、大助の手掛かりが摑めなかったことに落胆を隠せなかった。

足取り重く、湯島聖堂脇から神田川に出たときだった。

後ろから歩いてきた男がいきなり剣之助にぶつかった。

「いてえ、何をするんだ?」

驚いて立ち止まった。すると、いかつい顔の遊び人ふうの男が形相凄まじく、

「どこを向いて歩いていやがるんだ」

と、歯茎を剝《む》き出しにした。二十五、六か。眉が薄く、目のつり上がった不気味な感じの男だ。

「あなたのほうからぶつかって来たんじゃないですか」

剣之助が一歩下がって言う。

「なんだと。この小僧」

いきなり男が剣之助の襟を摑みにかかったので、無意識のうちにその手首をとってねじり上げた。

「痛っ」

そのとき、さっと数人の破落戸《ごろつき》が集まって来た。二十代後半から三十代の凶暴そうな顔の男たちだ。

「おい、どうした?」

剣之助はあわてて男を突き飛ばして、

「この男が勝手にぶつかってきたんだ」

と、言い訳のように叫んだ。

「よくも仲間を痛い目に遭わしてくれたな。勘弁ならねえ」

長身の凶暴そうな目をした男が匕首《あいくち》を抜いた。と、同時に他の仲間も匕首を握った。剣之助ははっと息を呑み込んだ。

「命までとろうとは言わねえ。少し歩けねえようにしてやるぜ」

「やめろ」

剣之助は後ずさりながら手は刀の柄にかけていた。

以前破落戸に取り囲まれ、初めて剣を抜いたときのことを思い出した。真剣での立ち合いに剣を持つ手が細かく震えていたのだ。

破落戸は五人。皆匕首を振りかざしている。素手で立ち向かうにはまだ剣之助は未熟だった。だが、剣を抜けば、自分が傷を負う可能性とともに相手を斬ってしまうこともあり得る。

凶暴な目をした男が匕首をひょいと剣之助の顔目掛けて突き出した。後退《あとずさ》って避けたとき、横合いから別の男が匕首で飛び掛かってきた。剣之助は夢中で体を一捻りしながら剣を抜いて匕首を払った。

「抜きやがったな。じゃあ、遠慮はしねえぜ」

凶暴な目を光らせ、男は匕首を構えた。

そのとき、大きな声がかかった。

「待て」

着流しの浪人が走って来て、剣之助の前に立ちふさがった。

「おまえたち、誰に頼まれてこの若者を襲ったんだ？」

浪人が大声を張り上げた。

「なんだと」

五人がいっせいに浪人に向かった。

「やるか。面白い。相手になろう」

浪人が剣を抜いた。瞬間、五人がそれぞれ後ろに一歩飛び退いた。

「誰からいくか」

浪人が八相に構えるや、一番凶暴な目をした男に向かって斬りかかろうとした。男は大きく下がってから、

「ちくしょう。行くぞ」

と、声をかけて一目散に駆け出して行った。

「口ほどにもない奴らだ」

「ありがとうございました」

剣之助は浪人に礼を言った。

剣を納めて振り向いた浪人から酒の臭いがした。

「奴らに狙われる理由はあるのか」

「いいえ」

「おまえのあとをつけていた」

「えっ」

狙われる覚えはまったくないので、剣之助は面食らった。

「誰かに頼まれてのことだろうが、何者かがおまえを狙っているのは間違いない。気をつけることだ」

「お待ちください」

行きかけた浪人を呼び止め、

「お名前をお聞かせください」

「名乗るほどのものじゃないさ」

「ぜひ。私は青柳剣之助と申します」

「青柳……」

浪人は濃い眉を寄せ、まじまじと剣之助を見つめ、

「そうか。どうりで似ていると思った」

「えっ、誰に似ているのですか。父に、ですか。父をご存じなのですか」

「昔のことだ」

と呟き、

「気をつけて帰れ」

浪人はよろける足で去って行く。

父を知っているらしい浪人に興味を覚え、剣之助はあとをつけた。

背後をまったく気にする様子はなく、浪人は両国広小路に向かった。

千鳥足ながら広小路の雑踏の中を巧みに泳ぐように浪人は両国橋を渡った。何度かひと群れに見失いながら橋を渡り切り、浪人は回向院《えこういん》の手前で竪川のほうに折れた。

剣之助がそのほうに向かいかけたとき、ひとの群れの中に笠をかぶった女の後ろ姿が目に入った。

女太夫が回向院の門前を歩いている。剣之助は一瞬浪人のことを忘れ、意識は女太夫に移った。

淫靡な匂いを漂わせた女太夫の色香に惑わされたように、剣之助は無意識のうちに女太夫を追っていた。

だが、目笊を頭に載せた付添いの男の姿が先日の女太夫の一行とは別人であることに気づき、さらに近寄ってみると、やはり先日の若い女ではなかった。

落胆したとき、剣之助は今はそれどころではないことに気づいた。浪人のあとをつけていたのだと思い出し、あわてて竪川に出て、堀沿いを走ってみたが、浪人の姿はどこにもなかった。

七

その夜、夕餉のとき、剣之助の目がなんとなく虚《うつ》ろなことに気づいた。ときおり、物思いに耽《ふけ》ったように箸の動きが止まる。

大助のことで何かあったのかと気になり、食事のあとで、

「剣之助。何を考えておる？」

と、剣一郎は訊ねた。

剣之助ははっとしたように、

「いえ、大助、そうです、大助のことです。考えていたのは大助のことです」

と、少ししどろもどろに答えた。

多恵が剣之助の様子をじっと見ている。

食事のあと、剣之助が剣一郎を居間にまで追って来て、

「大助の件ですが」

と、声を潜めるように切り出した。

「松中宗助という勤番の武士と知り合いました。その松中どのが、大助は何らかの事情で変死し、ひそかに祀られたのではないかと言い出したのです」

松中宗助と親しく口をきくようになったきっかけは言わなかったが、中井家の菩提寺まで行ってきたことを話した。

「でも、最近中井家から仏が出たことはないという僧侶の話でした。お墓に行ってみましたが、塔婆も古いままで、新しい仏が出たという形跡はありませんでした」

大助がすでに死んでいるという考えに衝撃を受けたが、そのことは信じられなかった。

「不思議だな。中井家はなぜそんなに倅のことを隠すのか」

剣一郎は腕組みをし、

「やはり大助は重たい病気に罹《かか》ってどこかに隔離されているのかもしれないな。もし、そうだとしたら、こうやって行方を見つけようとしているのは大助にとってよいことかどうか」

「父上」

剣之助が口をはさんだ。

「じつは、お寺を出たあと後ろから走って来た遊び人ふうの男が私にわざとぶつかって来たのです。そして、因縁を吹っ掛けてきました。相手には仲間が四人もいました」

「なに」

「二度と歩けないようにしてやると、その五人が私に匕首を向けてきたのです」

無事だったからこそ剣之助が目の前にいるのだが、剣一郎は全身に鳥肌の立つ思いで剣之助に話の先を促した。

「危ういところを助けてくれた浪人がいました」

「浪人？」

「はい。酒臭くて、昼間から酔っぱらっていましたが、相手を簡単に追い払ってくれたのです。その浪人は、破落戸どもは私を狙っていたようだと言うのです」

「狙われていた？」

「はい。ずっと私のあとをつけていたらしいのです。でも、私には狙われる心当たりはまったくありません」

多恵に聞かれると心配かけるので、こうして剣一郎だけに告げようとしたのだろう。だが、心当たりがなくとも、狙われているというのは穏やかではない。

「その浪人は確かに、剣之助が付け狙われていると言ったのだな」

「はい」

「その連中はどんな感じであった？」

「はい。二十半ばから三十ぐらいの凶暴な雰囲気の男たちでした。匕首を構えた姿はだいぶ喧嘩《けんか》馴れしているように思えました」

先日、助けた母子に因縁をつけていた連中の仲間が剣一郎の伜と知って襲った可能性を考えたのだが、どうやら違うようだ。あのときの三人はもう少し若かった。

だとすると、剣之助がなぜ狙われたのかがわからない。あるとすれば、大助の行方を調べていることだが、それが狙われる理由だろうか。

「酔っぱらっていると言ったが、相当呑んでいるようだったのか」

「はい。千鳥足でした」

「それでは、その浪人の思い違いということもあり得るな」

「はい」

剣之助は納得いきかねるように頷いた。

「父上」

剣之助が声を改めた。

「その浪人に、お名前を尋ねましたが、名乗るほどの者ではないと教えてくれませんでした。ですが、私が名乗ると、少し驚いたような表情をして、どうりで似ていると思ったと呟いておりました」

「なんだと。似ているだと？」

「はい」

「まさか」

　剣一郎は落ち着きを失った。

「父上、お心当たりがおありですか」

「浦里左源太」

「浦里左源太？　お知り合いですか」

「十年前だ。剣之助、その浪人者はどっちのほうに歩いて行ったのだ？」

「両国橋を渡り、本所のほうに行ったところで見失いました」

「あとをつけたのか」

「はい。気になったものですから」

「無茶をしおって」

　もし浦里左源太ならつけられていることぐらい先刻承知であろう。

　剣之助が俺の伜だと気づいてあとをつけさせているのだとしたら、左源太は俺に居場所を教えようとしているのかもしれない。剣一郎はそう思った。

　どういう事情から浪人になったかわからないが、今の左源太は素直な気持ちで剣一郎に会いに行くことは出来ないのだ。

「何が無茶なのですか」

ふいに多恵の声がして、剣一郎はあわてた。

「いや、なんでもない。剣之助に大助のことはそっとしておいたほうがいいと話していたのだ。いずれ、向こうから何か言ってくるだろうからな」

多恵がにっこりと笑った。

へたな嘘を、と笑われているような気がした。

だが、左源太がつけられていることを承知していたのなら途中で尾行を振り切ることは考えられない。そのことをきこうとしたが、多恵がいるので言葉を呑んだ。


二日後、非番で屋敷にいた。

剣之助の話をすぐに文七に知らせたのだ。それだけ絞り込めれば、文七のことだ。早くいい結果をもたらすと思った。

その期待にたがわず、夕方に文七が屋敷に駆け込んで来た。

「見つかったか」

文七の顔にそう書いてある。

「松坂町《まつざか》一丁目の裏長屋の原兵衛店《げんべえだな》に住んでおりました」

さすが文七だ。左源太の特徴を言い、長屋の女房にきいてまわったのだろう。

剣一郎は着流しに浪人笠をかぶって屋敷を出た。

両国橋を渡った頃には陽が傾いていた。

回向院裏手にある松坂町に入り、文七の案内で原兵衛店に向かった。

長屋の木戸を潜ろうとしたとき、路地から出て来た薬の行商人とすれ違った。目つきの鋭い男だ。気になって、男の後ろ姿を見送った。猪首で、肩幅の恐ろしく広い男だ。足の配りに町人にないものを感じた。武士かもしれない。

男が木戸を出て行ってから、改めてどぶ板を踏みしめて奥に向かった。

文七は奥から二軒目の家の前で立ち止まった。汚れた油障子。紙の破れた穴から土間が覗けそうだ。目顔で、ここだと言うのを頷いて答えて、

「ごめん」

と、剣一郎は戸障子を開けた。

天窓からの明かりが届かない部屋の隅に寝そべっている男の姿が見えた。徳利が転がっていた。

男がゆっくり体を起こした。

「なんだ、まだ用か」

浪人は薬の行商人が戻って来たのと勘違いしたようだ。

改めてこちらの顔を見て、浪人の目がいっぱいに見開かれた。それは剣一郎とて同じだった。

「左源太」

さきに口を開いたのは剣一郎だった。

「やはり、おぬしだったのか」

「剣一郎か」

左源太がばつの悪そうな表情をして、転がっている徳利に手を伸ばした。が、空だとわかり、ちっと吐き捨てた。

「左源太、いつ江戸に？」

「三か月前だ」

「なぜ、すぐに俺のところに顔を出さんのだ」

「この姿で顔を出せるか」

左源太は自嘲気味に言う。

「いったい何があったのだ？」

剣一郎は上がり框《がまち》に腰を下ろした。

「詰まらんことだ」

国元で穏やかに暮らしていたが、ある日、義父の波多野清十朗から離縁を言い渡され、浪々の身となり江戸に舞い戻って来たのだという。当面の暮らしは手切れ金でまかなっているという。

なぜ、縁を切られたのか、左源太は何も語ろうとしなかった。

「仕官出来てよかったと思っていたんだ。おぬしほどの男だ。義父どのからも頼もしがられ、幸福に暮らしていると……」

「所詮、宮仕えは辛《つら》いものさ」

「復縁の可能性はないのか」

「ないこともないが」

左源太は言葉を濁した。その声は暗く沈んでいた。

「これからどうするつもりだ？」

と、月代《さかやき》も伸びた左源太のくすんだ顔を、剣一郎は痛ましげに見た。

「なんとかなるさ。心配かけてすまない」

左源太は声を張り上げたが、空《から》元気に思える。

「俺のところに遊びに来い」

「ああ、そのうち伺《うかが》う。剣之助も立派になったな」

「危ういところを助けてもらったそうだな。礼を言う」

「なあに、俺がいなくても剣之助ならだいじょうぶだったろう。だが、奴らは剣之助をはじめから狙っていた。気をつけさせたほうがいい」

「わかった」

左源太に直接会ったことで、剣一郎は薬研堀の殺しの疑いを心の中で打ち消した。

剣一郎は立ち上がり、

「また来る。一度、我が家に来てくれ。いいな」

外に出ると、文七が待っていた。

長屋の木戸を出てから、文七が言った。

「長屋の衆にきいてまわったら、いつも呑んだくれているそうですぜ。それから、岡場所にも出入りしているようです」

あまり、感心な暮らしぶりではないようだ。

国元で何か不始末を引き起こしたのだろうが、いったい何をしたのか。

義父の波多野清十朗は自らが左源太を気に入り、娘の婿にと懇願したのだ。それほどの婿を離縁しなければならなかった理由は何なのか。

復縁の可能性が残されているらしいが、左源太の闇のような暗い顔はそのことの難しさを物語っていた。

帰り道、夜風がだいぶ冷たくなったのを感じた。

第二章　大助の行方

一

朝から強風が吹き荒れていたが、それも昼過ぎには収まってきた。風は江戸中を埃《ほこり》まみれにする。

同心の礒島源太郎と只野平四郎と共に市中の巡回に出ていた剣一郎が両国橋に差しかかったときだった。

対岸で人だかりがしていた。ちょうど百本杭のところだ。大きく川が曲がっており、その波が岸にぶつかる所に波よけの杭がたくさん打ち込まれている。

流れの関係であそこはいろいろなものが流れてきて、杭にひっかかる。

「青柳さま。どうやら、土左衛門のようですね」

舟が岸に着き、水死人を引き上げたところらしい。

若い男が橋を駆けて来た。橋番屋の番人だ。

橋番屋に入ろうとする番人に駆け寄り、礒島源太郎が声をかけた。

「土左衛門か」

「あっ、旦那。殺しですぜ。刀で袈裟懸《けさが》けに斬られておりやす」

「やられたのは誰だ？　武士か」

「いえ。行商人のようです」

「行商人だと」

剣一郎は左源太の長屋から出て来た行商人の男を思い出した。

「ちょっと待っててくれ」

剣一郎はふたりを残し、橋を駆けた。

渡り切ってから左に折れて、土手の上の人垣にやって来た。

川岸に引き上げられた亡骸《なきがら》が筵《むしろ》をかぶせられて横たわっている。

土手を下りて亡骸の番をしている男に声をかけた。

「すまねえな。ちょっと仏を拝ませてくれ」

土手の上の野次馬の中から、青痣与力だという声が上がった。

船頭らしい男が筵をめくった。

肩から袈裟懸けに斬られていた。肩幅が広く猪首だ。死顔はだいぶ印象が異なるが、やはり原兵衛店の路地から出て来た行商人に間違いなかった。

立ち上がって土手を見上げたとき、野次馬の中に左源太らしき浪人者を見た。その浪人はさっと身を翻して去って行ったが、左源太に間違いないように思えた。またも左源太に対する疑惑が頭をもたげてきた。

すぐに土手を駆け上がったが、すでに浪人の姿はなかった。

翌日、奉行所の同心詰所まで植村京之進に会いに行った。

「きのうの百本杭の男の身元はわかったのかえ」

「いえ。まだでございます」

「いつ殺されたか見当はついたのか」

「はい。一昼夜近く水に浸《つ》かっていたと思われます。ですから、殺されたのは前日の夕方から夜にかけてかと思われます」

「すると、向島辺りから川に流されたか」

そう思ったとき、剣一郎はあることを思い出した。

剣の師真下治五郎を訪ねての帰りに助けた姿は百姓ふうの母子。その母子を探していたという薬売りの行商。

もしかすると同一人物ではないか。

「京之進。喉を斬られて死んでいた武士の身元はどうなんだ？」

「まったくわかりません。勤番侍かと思い、各藩邸に照会しましたが、どこからも返事がありません」

「密かに江戸に入って来た侍かもしれんな」

左源太に関わりがあるとすれば、大北藩の国元からやって来たのかもしれない。左源太を追ってだ。

左源太は国元で何かをしでかし、江戸に逃げて来た。国元からは刺客が送り込まれた。それが絶命剣と思われる技で斬り殺された侍かもしれない。そして、その侍を倒したのは左源太だと考えられる。

薬の行商人もほんとうは武士かもしれない。しかし、行商の男はなぜ百姓ふうの母子の行方を探しているのか。

夕方になって退出し、屋敷に戻ってから、剣一郎は浪人体の姿になって出かけた。

松坂町の長屋に行ってみたが、左源太は留守だった。

「浦里さまなら、回向院裏の『与兵衛《よへえ》』って居酒屋におりましたよ」

職人体の男が声をかけた。

「すまない」

剣一郎はすぐに竪川に出て、回向院裏を目指した。

居酒屋『与兵衛』はすぐに見つかった。暖簾《のれん》をくぐろうとすると、突然大きな声が轟《とどろ》いた。

「親父、酒だ」

左源太の声だ。

「旦那。もう、やめといたほうがいいですぜ」

おやじがなだめる。

「金ならある。心配するな」

「いえ、金のことじゃありやせん。旦那の体を心配しているんですよ」

「ひとの体のこと、親父に言われる筋合いはない」

「これでほんとうに最後ですよ」

剣一郎は暖簾の隙間から左源太を見た。

おやじが持って来た銚子を丼に空けて、左源太は口に持って行った。いっきに呑みほしてから丼を口から離した。左源太の顔は辛そうに歪んでいる。

「おやじ、もう一杯」

昔の左源太はあまり酒を口にしなかった。酒が呑めないというわけではなく、いつか仕官する日に備えて自分を律しているのだと答えた。

堅物《かたぶつ》で面白みのない男だったが、内に熱い思いを秘めた左源太に惹《ひ》かれていた。

道場の稽古のない日にひとり住まいの長屋を訪ねると、左源太はいつも内職をしていた。剣一郎も手伝っていっしょに傘張りをしたこともあった。そんなことを思い出しながら、呑んだくれている左源太を痛ましく見つめた。

　剣一郎は暖簾をかき分けた。

「左源太。もう止めろ」

「ちっ。おぬしか」

「さあ、行こう」

　剣一郎はおやじに酒代をきいてから小銭を出した。

　左源太は渋々ながら立ち上がった。

　竪川に出た。一の橋を若い男女が渡って行く。

「左源太。半月ほど前、薬研堀にて身元のわからぬ侍が喉に傷を負って死んでいた。あれは絶命剣ではないかと思う」

　剣一郎はあえて絶命剣という言葉を口にして、反応を窺ったが、左源太は川面に顔を向けたままなので表情はわからない。

「おぬし絶命剣をものにしたのか」

「世は無情とよう言うたものだ」

　剣一郎の問いかけと関係ないことを、左源太は口にした。

「左源太。教えてくれ。いったい何があったと言うのだ？」

「定めだ」

「定め？　妻女どのはどうしておるのだ？」

「達者だ」

「妻女どのとの間に何かあったのか」

「何もない。俺には出来過ぎた女だ」

「子どもがいるのか」

「ひとり、いる」

「おう、子が出来たのか。男か女か」

「女の子だ」

「会いたいだろう」

「…………」

　左源太から返事がない。

「おぬし、大北藩の江戸屋敷には顔を出さないのか」

「藩を抜けた人間だ。用はない」

「左源太。おぬしは何か間違いを犯して脱藩してきたのではないのか。その追手から逃げているのではないのか」

「あのとき、波多野清十朗どのの目にとまったのがよかったかどうか」

　左源太が呟くように言う。

「おぬしの所に顔を出していた薬の行商の男が百本杭に流れついた。殺されたのだ。左源太、おぬしはいったい何をしているんだ」

「何もしておらんさ。俺は一介の浪人」

くるりと踵《きびす》を返し、

「なんだか酔いが醒めてしまったようだ。さあ、またどこかで呑んで帰るとするか」

「左源太」

ぶらぶら歩き出した左源太の背中に声をかけた。

「なぜ、そんなに呑むのだ。どうして、そんな捨て鉢《ばち》になっているのだ?」

「所詮、俺たちは歩む道が違うのだ」

「左源太」

その背中に苦悩が滲《にじ》んでいた。冷たい風が砂塵を巻き上げ、左源太の足元で舞った。

二

るいには大助の手掛かりを探してくると言って外に出たのだが、剣之助の足は両国広小路に向かっていた。

女太夫に会えるかもしれない。その期待に胸を弾ませている。

若いほうの女の笠の内から覗く顎の先にきりりと締めた赤い笠紐がうなじの白さと共に瞼《まぶた》にくっきりと焼きついている。

分け入ってはいけない禁断の場所に突き進んで行くような危険な高揚感に包まれながら、剣之助は両国広小路にやって来た。

女太夫は卑しい身分とされているひとたちの妻や娘である。だが、剣之助には身分の差など意識にない。

きょろきょろしながらひとをかき分けて、両国橋を渡った。東詰めも見世物小屋や水茶屋などが並び、賑やかだ。

回向院の前までやって来た。女太夫は門付け芸人だからこのような場所にはやって来ないのかもしれないと思い、再び両国橋を渡って、今度は米沢町に向かいかけたとき、かなたに女太夫の一行を見つけた。柳原の土手のほうだ。

目当ての女太夫かわからないが、連れの男の体つきがあのときの男に似ているように思え、剣之助は小走りにひとの間を縫った。が、思うように走れない。

人込みから抜け出たとき、女太夫の一行の姿はなかった。剣之助は辺りを見回した。土手沿いの道に姿はない。

神田川を渡ったのか。浅草御門を渡ったとは思えない。すると、この先の新《あたら》シ橋か。剣之助は夢中でかけた。追いついて何をするという考えもないまま、女太夫を追った。

新シ橋を渡り、向こう柳原の辺りを探した。だが、だめだった。耳を澄ましても、三味線の音は聞こえてこなかった。

がっかりしたとき、脳裏にお志乃の顔が過ってはっとした。最近はすっかりお志乃のことを忘れている。自分の心はどうしてしまったのだろうかと戸惑いを覚えた。

気を取り直して、剣之助は改めて木挽町の大北藩上屋敷に向かった。

表長屋にやって来て、松中宗助のいる長屋の下に立った。

連子窓に向かって呼びかける。しばらくして、松中宗助が顔を出した。

「おう、剣之助か。どうだった?」

「新しい仏はなかったそうです」

「そうか。どうやら大助はまだ健在らしいな」

「本郷の立心寺以外のお寺ということは考えられないでしょうか」

「うむ」

「母君の実家の菩提寺は?」

「おい、剣之助。おまえはほんとうに大助が死んだと思っているのか」

「いいえ。ただ、そうではないということを確かめたいのです。そのためには、母君の実家の菩提寺も調べてみたいと思ったのです」

るいには菩提寺まで行って来たとは話していない。死んでいる可能性を告げただけで、るいは嘆き悲しむであろう。

「そうだな。その可能性もあるか。よし、その寺のことをきいてこよう。なあに、すぐわかるだろう」

そう言ってから、

「それにしても、おまえはたいしたものだ。よく、飽きずに大助を探し続けていられるものだ。ここまでやって来るのも時間がかかるだろうに」

松中宗助の言葉に、ちょっぴり後ろめたさを覚えた。

ここに来るのはほんとうに大助のためだけだろうか。いや、それもあるが、それ以上に女太夫ともう一度会ってみたいという思いのほうが強いような気がする。

あれから女太夫はやって来ますか。その質問が口に出かかった。そんな自分の心を見透かされまいと剣之助は話を逸らそうと、

「じゃあ、もう少ししたらもう一度ここにやって来ます」

「いや、この前の木挽橋の袂で待っていろ。こんなところにいたんじゃ、妙に思われるからな。すぐわかると思う」

「じゃあ、そこでお待ちしております」

剣之助は三十間堀川に向かった。近くに江戸三座の一つ森田《もりた》座があり、ひとの流れがそっちに向いている。

木挽橋の袂で待った。陽が中天に上がり、それから少しずつ位置を変えた。剣之助の影がだいぶ伸びていた。ここに来てから四半刻（三十分）経つ。

松中宗助はまだやって来ない。調べるのに手こずっているのだろう。さらに四半刻経った。

待ちくたびれて、剣之助は表長屋に戻った。

連子窓に向かい、「松中さま」と何度か声をかけた。

すると、見知らぬ若い侍が顔を出した。

「松中なら藩の用向きで出かけた。帰りは遅いと言うことだ」

「どちらへですか」

「知らん」

顔を引っ込めようとしたので、

「あっ、もし」

と呼びかけたが、若い侍は二度と顔を出さなかった。

いったい、松中宗助はどうしたというのか。上屋敷から離れ、何かあったのではないかと考えながら歩いていて、広い場所に出た。

釆女ケ原《うねめがはら》だ。筵《むしろ》がけの見世物小屋や大道芸人などが出て賑やかだ。水茶屋や食べ物屋も並んでいる。

屋敷から近いし、松中宗助はここまで遊びに来ているのだろうか。

それにしても、松中宗助はいったいどうしてしまったというのか。

そこを突き抜け、鉄砲洲《てっぽうず》方面に出て帰ろうと思ったとき、剣之助は全身が痺《しび》れるような感覚を受けた。

葦簾《よしず》張りの小屋からあの女太夫の年増のほうが出て来たのだ。吸いよせられるように、剣之助は近づいて行った。

「おや、いつかのお侍さんだね」

年増の女が剣之助を覚えていた。

「は、はい」

剣之助が畏《かしこ》まって返事をした。

あとから若い女が出て来た。

「あら」

若い女も剣之助を見て微笑んだ。

自分の顔が熱くなるのがわかった。

「あたしたちはここで昼を戴《いただ》いているんですよ」

年増が言う。

このひとたちはふつうの茶屋には入れない身分なのだと不憫《ふびん》になった。

「あの」

剣之助が若い女に呼びかけたが、あとの言葉が続かなかった。若い女はりんとした顔を向けた。美しい。人形のようだ。剣之助はますます顔が熱くなった。

「さあ、お鈴《すず》。行くよ」

年増の女が声をかけた。目笊を頭に載せた男が近くで待っていた。

お鈴という女は軽く会釈をし、剣之助の前から去って行った。

ふたりの弾く三弦の音が切なく胸に響いた。

その夜、夕餉のときもときおり脳裏に女太夫の顔が浮かび、剣之助は食事が喉を通らなくなった。

(お鈴さん)

心の中で呟いていた。

名を知ったことで、よけいに生々しくお鈴の姿が胸に迫ってくる。

「剣之助、どういたしましたか」

母に声をかけられ、どぎまぎした。

「いえ。ちょっと大助のことを考えていたので」

言わずもがなのことを言ったかと、剣之助はあわてた。母は勘の鋭い女性だ。いつもならどうかしたかときかれても、なんでもありませぬと答えていたように思う。

上目遣いで母を見たが、母が何事もなかったかのように箸を動かしていた。父も何か言うかと思ったが、何も言わなかった。

食事のあと、部屋に戻ってから、

「兄上さま。大助さまのことで気がかりなことがおありですか」

と、るいが心配そうにきいてきた。

「いや、そうではない。大助が元気でいることはわかっている」

「ほんとうですか」

「お屋敷のお侍さんがそう言っていた。居場所はまだわからないが、元気なことはわかった」

元気だとわかったわけではない。たぶん、死んでいないということがわかったという程度だ。だが、るいにそのようなことを言えるはずはなかった。

夜、剣之助は庭に出た。満天の星空だ。その中で一際輝いているのがお鈴だと、いつしか剣之助はお鈴に思いを向けていた。

三

奉行所が騒然としているのは、どうやら捕物出役があるからららしい。

廊下で当番方の若い与力工藤兵助《くどうひょうすけ》と出会った。親の引退によって新規召し抱えになってから数か月。だいぶ仕事にも慣れてきたようだ。

「捕物出役か」

剣一郎が呼び止めた。

「はい。男が家屋に閉じこもっていると、町名主が訴えて来ました」

「そうか」

工藤兵助はそのまま走り去った。

召し捕り者ひとりの場合には捕り方同心二人に検死与力ひとりが当たるが、出役する与力は、新参の与力が務める当番方の役目で、今回は工藤兵助が任に当たるようだ。

今三十六歳の剣一郎だが、やはり最初は当番方与力を務め、捕物出役も経験している。頰に手をやった。ここに痣がある。捕物出役のときに受けた疵がこのように青痣になったのだ。

あのとき、剣一郎は単身で賊の中に踏み込んで行った。なぜ、あのような無謀な真似が出来たのか。

剣一郎には兄がいた。兄は十四歳で与力見習いとして出仕したが、有能さは誰からも認められていた。それほどの逸材であった。

その兄が不慮の死を遂げたのは剣一郎が十六歳のときだった。兄と外出して帰りが遅くなったとき、目の前にある商家から飛び出して来た強盗一味と出くわしたのだ。与力見習いだった兄は剣を抜いて対峙した。が、剣一郎は足が竦《すく》んで動けなかった。道場では兄に肩を並べるほどの腕前であるのに、真剣を目の当《まあ》たりにして萎縮してしまったのだ。

兄は強盗三人まで倒したところで四人目に足を斬られた。うずくまった兄に四人目の浪人が斬りかかろうとした。助けに入らねばと思いながら、剣一郎は剣を抜いたまま立ちすくんでいた。

目の前で兄が斬られた。それを見て、剣一郎は逆上して浪人に斬り付けていき、浪人たちを叩きのめした。だが、兄は助からなかった。あのときすぐに助けに入れなかったのか。加勢をすれば兄は殺されずにすんだのだ。

兄に代わって家督を継ぎ、与力になったが、そのときの後悔が剣一郎に重くのしかかった。

捕物出役のとき、押し込みの盗賊十人の中に単身踏み込んだのは勇気とか使命感といったものではなかった。もやもやした気持ちから逃れようと、あのような無謀な行動に出たのに過ぎない。

目を閉じ、剣一郎はあのときの苦悩を蘇らせた。

工藤兵助が野袴に火事羽織、陣笠をかぶって、同心たちを引き連れ奉行所表門から出て行った。

「どうした、昔を思い出したか」

玄関で工藤兵助を見送った剣一郎は年番方与力の宇野清左衛門に声をかけられた。

「これは宇野さま。いえ、工藤兵助もたのもしくなったものと見ておりました」

あわてて言い繕《つくろ》った。

「剣之助も早く元服させ、見習いに出させたらいかがかな」

「はあ。ありがたきお言葉。その折りには、ぜひ宇野さまに烏帽子《えぼし》親をお願いいたしとう存じます」

「お安い御用じゃ」

宇野清左衛門は満足げに答えて去って行った。

剣一郎は門番所の横にある同心詰所に行き、植村京之進を探した。ちょうど、見廻りから戻って来たところらしく、庭のほうから京之進がやって来た。

「ごくろう」

剣一郎がいたわる。

「青柳さま。どうも妙です」

京之進がいきなり言い出した。

「薬研堀の侍、百本杭に流れ着いた薬売りの男。いまだに身元も割れず、外から江戸に入り込んだ者と見て旅籠《はたご》を調べましたが、宿泊した形跡もありませぬ」

「すると、誰かの住処《すみか》に泊まっている可能性があるわけだな。だが、そうならば、その家の住人から訴えがあってもよさそうなもの。それがないと言うのは……」

「はい。何かあるとみていいでしょう」

「薬研堀と百本杭の事件はどうやら絡んでいるようだな」

剣一郎は暗い気持ちになった。

両方に浦里左源太の影がちらつくのだ。まず、薬研堀の侍は絶命剣で受けたと思われる傷を負っており、百本杭の薬売りは左源太と関係があるらしい。

失礼しますと、あわただしく京之進が去ってから、剣一郎は部屋に戻った。

玄関右手の当番所にはきょうも訴願をする町人で立て込んでいた。若い当番方の与力が対応におおわらわだ。どうしてこうも揉《も》め事が多いのかと、いつもここを見るたびに思うのだ。

部屋に向かう途中、用部屋公用人の部屋から、長谷川四郎兵衛の声がかかった。

「あいや、青柳どの」

「はあ、なんでございましょうか」

無視して行き過ぎようとしたが、そうもいかず立ち止まった。

「ちと、こちらへ」

また厭味《いやみ》を言われるのかもしれないと、うんざりして部屋に入り、長谷川四郎兵衛の前で畏まった。

苦虫を嚙《か》み潰《つぶ》したような顔で、

「そなたの息子、何と申したか」

と、四郎兵衛がきいた。

「剣之助でございますが」

「剣之助か。そろそろ見習いに出すそうだの」

「はい。その節はよろしくお願いいたします」

「うむ。わかった」

いつもと調子が違うことに気づいたが、それより何の用で呼び止めたのか、四郎兵衛はそのことをなかなか言おうとしない。

「長谷川さま。何か御用がおありなのでは?」

剣一郎は急かすようにきいた。

「いや、たいしたことではないのだ。そなたにちとききたいことがあったのでな」

「なんでございましょうか」

「いや、じつはな」

いつになく歯切れが悪い。

「もそっとちこうに」

剣一郎が少しにじり寄ると、四郎兵衛も体を伸ばし、

「日本橋にまつという芸者がおるな」

と、意外なことを言い出した。

「はあ、まつなら折りに触れて呼んでおりますが」

「そなたと親しいときいたが？」

窺うように四郎兵衛は上目遣いで見た。

「さあ、親しいというのをどの程度のこととお考えかは存じませんが、よく知ってはおります」

「さようか」

「まつがどうかいたしましたか」

「じつは、ある御方がまつに執心でな。どうしても身請けしたいと言っておるのだ」

「それが私にどういう関係があるのでしょうか」

「そなたから、まつを説得してもらいたいと思ってな」

剣一郎に不快感が襲いかかった。

「ある御方とはどなたでしょうか」

「いや、それは……」

「名前も知らない御方のために、まつを説得しろと仰るのでしょうか」

「商家の主人だとだけ言っておこう」

「歳は？」

「五十……」

おそらく五十半ばを過ぎているのだろう。

ふざけた話だ。

「相手のことは詮索せず、わしの頼みをきいてくれ」

私はあなたに敵視されているだけで、そんな義理も恩もありませぬと喉元まで出かかったのをようやく抑えた。

「わかりました。相手のことはききません。ただ、これだけは教えてください。その御方と長谷川さまはどのようなご関係なのでしょうか」

「奉行所がいろいろお世話になっている御方だ」

付け届けか、と納得した。おそらく、長谷川四郎兵衛に莫大な献金をしている豪商なのだろう。

「わかりました。説得が可能かどうかはわかりませんが、まつに話すだけは話しておきましょう」

「そうか、頼む」

四郎兵衛は安堵の表情をした。

もちろん、まつにそんなことを勧めるつもりはないが、話だけは伝えておくつもりだった。

その夜、夕餉のあとに文七がやって来た。

いつものように庭にまわった文七と縁側に腰を下ろして向かい合った。虫の音が寂しく聞こえる。

「何かわかったか」

「はい。そうだと思われる母子が隅田村の百姓家の離れにおりました」

「見つかったか」

「ところが、その周辺に鍬を持った百姓や行商人が目立ちます。百姓の格好をしていますが、武芸の心得のあるような足の運び。どうやら離れを監視しているようです」

「監視？」

寺島村でも、侍が監視をしていたという。

「母子に襲い掛かろうとはしないのか」

「はい。あくまでも見張っているだけのようでした。それから、あっしもあとをつけられました」

途中で撒《ま》いてきたが、あの母子の周辺は重々しい雰囲気だと、文七は感想を述べた。

「どうも妙だな」

百本杭で死体で発見された薬売りはその連中の仲間なのか。それとも、別なのか。それより、なぜ母子は逃げ回っているのか。なぜ、どこぞに助けを求めないのか。

「あの母子には深い秘密がありそうだな。文七」

「へい」

「すまねえが、母親がどういう人間だか調べてくれ。それと、あの旅の僧だ。どうも、この僧が母子を引っ張り回している様子」

「わかりやした」

文七はすっと暗い庭を去って行った。

それから剣一郎は厠《かわや》に行き、用を足したあと、ふと小窓から庭に剣之助の姿を見た。

夕餉の席で、剣之助は食が進んでいなかった。最近、ときたまため息をついたような表情を見せることがある。大助のことを気に病んでいるのかとも思うが、なんとなく気になった。

お志乃とのことかもしれない。最近、剣之助がお志乃と会っていると話を聞かない。向こうの母御は奉行所与力の伜だということで剣之助との交際に反対らしいが、やはりそのことで悩んでいるのだろうか。

よし、剣之助に聞いてみようと、剣一郎は庭に立ってひとり空を見上げている剣之助の背中を見つめていた。


翌日。よく晴れた朝だ。剣一郎は剣之助を伴い湯屋へ行った。

江戸っ子の風呂好きも朝風呂に入るのは男で、女湯のほうは空だ。その女湯を八丁堀の与力や同心は朝のうち利用出来る。

石榴口《ざくろ》から入り、湯船に浸かる。ふたりが入ると、お湯がざっとこぼれた。

「ああ、気持ちがいいな」

剣一郎は首をまわした。

剣之助も湯の中で手足を伸ばしている。

多恵に内緒で剣之助と話し合うのは湯船が一番だ。剣之助は胸板も厚く、たくましくなった。

お志乃のことをきき出したいのだが、なかなか切り出せずにいた。

「ところで、剣之助」

すまして湯に浸かっている伜に、意を決して切り出しかけると、剣之助のほうから、

「父上。最近、真下先生のところにはお出《い》でにならないのですか」

と、きいてきた。

「おう、真下先生か」

「たまにはお顔を出して差し上げたほうがいいと思います。真下先生も寂しがられておられるのではないですか」

ほうという顔つきで、剣一郎は剣之助を見た。そういう人情の機微《きび》に気がまわるようになったのかと思ったが、すぐにこれも女子とのつきあいから学んだことではないかと思いなおした。

「先日、ちょっとお邪魔した」

「そうですか」

剣一郎は手で湯を掬《すく》ってから、

「剣之助。他でもない、話というのは」

「父上、母上が……」

「なに？」

「母上がたまにはお芝居に行きたいと仰っていました」

「芝居？」

なぜ、急にそんな話を持ち出したのか。

剣之助はこちらの腹を読んで牽制しているのかもしれない。女子のことをきかれたくないから、機先を制しているのだ。

そんなことに負けていられるかと、強引に問い質《ただ》そうとしたとき、剣之助があわてた声を上げた。

「父上」

「なんだ、今度は？」

覚えず強い口調になる。

剣之助が目顔で何か言った。

振り返ると、石榴口をくぐってくる白い裸身が目に飛び込んだ。豊かな胸元、くびれた腰、白い襟足。

芸者のまつだ。きのう、奉行所でまつの話題が出たばかりだ。

「旦那。お久しぶりでございます」

にこりと微笑み、湯船に入ってきた。

「剣之助さまもますます男らしくなられて」

まつが体を近づけたので、剣之助は少し照れたように顔を俯けた。

「相変わらず、元気そうだな」

剣一郎は鼻筋の通ったこぢんまりとした顔を見た。形のよい眉の下の勝気そうな目がまつの魅力の一つだ。

「ちょうどよいところで旦那にお目にかかりましたわ。旦那にちょっと謝らなくてはならないことがあるんです」

「なんだね」

「怒らないでね」

「話を聞かなきゃわからん」

「そんなこと言わずに、怒らないでくださいよ」

色っぽい目つきで言う。

「わかった。怒らん」

傍に剣之助がいるので、わざとぶっきらぼうに答えた。

「生糸《きいと》問屋の『駿河屋《するが》』さんをご存じですか」

まつは声を潜めた。

「いや、会ったことはないが、『駿河屋』といえば室町《むろまち》一丁目にある大店《おおだな》だな」

「ええ。そこの旦那は庄右衛門《しょうえもん》と言いまして、五十六歳になります。生糸問屋の仲間内で一目置かれている方でございます」

「その駿河屋がどうかしたのか」

「最近、よくお座敷にお見えになります。長谷川さまと」

「なに、長谷川さまだと？　奉行所の長谷川どのか」

「はい」

まつが苦笑したように笑った。

「長谷川さまは駿河屋の接待を受けているのか。あの御仁はそういうことが平気なのだ」

剣一郎は憤慨した。

「その長谷川さまが、あとで私を呼んで、駿河屋さんが私を身請けしたいと言っている。話に乗らんかと迫るんです」

あっと、覚えず声を上げてしまった。

長谷川四郎兵衛の言っていた商家の旦那とは駿河屋庄右衛門のことだったのかと、呆れたように剣一郎はまつの次の言葉を待った。

「駿河屋さんの妻女になれば、贅沢三昧。こんないい話はあるまいと、長谷川さまはしつこいんです」

「恩を売っておけば大きな見返りがあるからだろう。あさましい御仁だ」

剣一郎はいまいましげに呟き、

「で、何と答えたのだ？　まさか、承知したわけではあるまいな」

「あら、旦那。妬《や》いてくださるんですか」

「えっ。いやそうではない。長谷川どのの心根が気に食わぬのだ」

「ほんとうにそう思います?」

「当たり前だ。賄賂《まいない》をもらっているからそんな取り持ちをしようなどと、奉行所の人間のやることではない」

ましてそのことを奉行所内で頼むなどもっての外《ほか》だと、怒りが鎮《しず》まらない。

「じゃあ、私がそのことを拒んだのは間違っていなかったと思ってくださるのですね」

「当たり前だ」

「そのために、理由を言えと問い詰められて、旦那の名前を出したのも許してもらえるんですね」

「はあ?」

どさくさに紛れて、まつが何かを言った。

急に体が冷えて行くのを感じながら、

「今、何と言った? 俺の名前を出しただと?」

「はい。あまりにもしつこいので、私には青柳剣一郎という間夫がおりますと啖呵《たんか》を切ってやったんです」

「なんだって」

驚いた拍子に足をすべらせ湯の中に顔が半分入ってしまった。

口に入った湯を湯船の外に吐き出してから、

「おい、まつ。言うに事欠いて、そんなことを……」

「あら、旦那は怒らないいって約束でしょう」

「うむ。まあ」

「おかげで長谷川さまの無茶な要求を退けることが出来たんですよ」

剣一郎は急に逆上《のぼ》せてきた。

まつが妖艶な笑みを浮かべ、

「旦那。いい妓が入りましたよ。ぜひ、一度お座敷にいらしてくださいな」

「そのうちな」

「そのうち、そのうちって、いったいいつになることやら」

「だから、そのうちだ」

「当てにしないで待ってますよ」

睨むようなまつの目が色っぽい。

「父上、先に出ています」

剣之助がすすっと移動していった。

「ほんとうに立派になられて」

湯船から出た剣之助の背中を見ながら、まつがうっとりして言ったが、すぐに顔を剣一郎に戻し、

「ねえ、旦那。以前にわたしが剣之助さんを男にしてやると申したでしょう」

「ああ、その節は頼む」

堅気《かたぎ》の子女と間違いを起こす前に、まつに仕込んでもらったほうがいい。剣一郎はそう思っている。

「それ、わたしの妹分の小吉《こきち》に任せます。さっき言ったいい妓ってのがその小吉なのでございますよ。ぜひ、剣之助さまには小吉を」

「どうしたんだ。まつが張り切っていたんじゃなかったか」

「でも、旦那はこう仰られました。伜を一人前の男にしてもらう相手と変な関係になれないと」

「覚えている。その通りだ」

そう言ってから、あっと気づいた。

「ばかな。俺は、そんなつもりは……」

ない、という言葉が出なかった。

「旦那」

まつが体を寄せてきた。肌が触れ合い、剣一郎はうろたえた。

「いつかね」

「ばか」

気を紛らせるように、剣一郎は湯をいっぱい手ですくって顔に当てた。

「先に出る」

剣一郎は逃げるように湯船から出た。俺だって男だ。まつといつまでもいっしょにいたんじゃ妙な気分になってくる。

「旦那。またね」

背後から、まつはあっけらかんと声をかけた。

「どうやら、逆上せたらしい」

屋敷に戻る途中、剣一郎は立ち止まって大きく深呼吸をした。

「おまつさんっておもしろいひとですね」

剣之助はにやにやした。

「なんだ、何がおかしい」

「えっ。いえ、なんでも」

こいつ、色気付きやがったな、と剣一郎は苦笑した。

「父上。早く元服しとうございます」

「前髪をとれば悪所へも通えるからな」

「そんなこと考えていません」

剣之助は妙にあわてた。

屋敷に戻って女中のおみつの給仕で朝食をとり、髪結いがやって来て結髪してもらい、いつもの時間に剣一郎は出仕の支度をした。

「剣之助と何か話が出来ましたか」

多恵がきいた。ふとしたときに見せる多恵の表情ははじめて会う女子のように感じることがある。ふたりの子持ちの母とも思えぬ若さと美しさのせいだけではない。多恵にはじつにさまざまな奥深い何かがあるのかもしれない。

「何のことだ？」

「女子のことをきき出したかったのではありませんか」

「いや、そうじゃない」

勘の鋭さに舌を巻いて、あわてて答える。

「ひょっとして、どなたかが割り込んできて、切り出せなかったとか」

「どうして」

どうして、そんなことがわかるのだと言おうとして、あわてて言葉を変えた。

「つまり、剣之助が元服すると悪所、いやそうじゃない」

剣一郎はしどろもどろになった。

「はい、出来上がりました」

継上下、平袴に無地で茶の肩衣、白足袋という身支度が調い、剣一郎は与力の顔になって、ぽんと自分の腹を叩いた。

多恵、剣之助、るいに見送られ玄関を出る。

槍持、草履取り、挟箱持、若党らの供を従えて、剣一郎はいつものように門を出て行った。

穏やかな陽気で、風もない。

風烈廻り与力として、風の強い日には剣一郎自身も市中を見廻って、防火や不審者などの監視をするのだが、きょうは礒島源太郎と只野平四郎のふたりの同心に任せておけばいい。

用人部屋の前を通るとき、長谷川四郎兵衛がじっとこっちを見ているのに気づいた。

きょうは兼務をしている例繰方の与力として、判例を調べ、罪人の情状など先例に照らして書類を作り上げる作業をしていると、当番方の工藤兵助がやって来た。

「青柳さま。無事にお役目を果たすことが出来ました」

捕物出役のことだ。

「そうらしいの。よくやった。これで、そなたも一人前、いやまだまだだな。これからも精進されよ」

「はあ、ありがとう存じます」

日毎たくましくなっていく若い与力に、剣之助の姿を重ねた。

剣之助が与力見習いに出る日もそう遠い日ではない。元服の時期を早く決めなければと思っているうちに、いつの間にか工藤兵助は去っていた。

再び、書類に目を転じたとき、ふと例の百姓の母子のことを思い出した。その母子の行方を探していたと思える薬の行商人が殺されたが、その者は左源太のところに出入りしていた。

左源太は大北藩の藩士だった。大北藩といえば、中井十右衛門の伜大助の行方がわからなくなっている。

「まさか」

ある可能性に思い至り、剣一郎は覚えず声を出した。

四

どんよりとした空模様だった。

剣之助は大北藩上屋敷にやって来た。松中宗助の住む表長屋の下に立って、剣之助は呼びかけた。

何度か呼びかけた末に、松中宗助が顔を出した。

「松中さま」

剣之助はほっとした。が、いつもと違い、松中宗助の表情は厳しい。

「もうここには来るな」

「えっ、どうしてですか」

「中井大助のことにもう関わらんほうがいい」

「松中さま。何があったのですか」

「おまえのためだ。わかったな。さあ、行け」

「わかりません。どういうことですか」

「立心寺の帰り、おまえ破落戸に襲われなかったか」

「えっ、どうしてそのことを？」

「よけいなことに首を突っ込むなという威《おど》しだ。わかったら、もうこのことから手を引くんだ。もう二度とここに来るんじゃない」

「松中さま、待ってください」

松中宗助は顔を引っ込め、二度と出て来なかった。

いったい何があったのか。中井大助の母親の実家の菩提寺を調べると元気で言っていたが、そのことで藩から何か言われたのかもしれない。

もう松中宗助は顔を現さないとわかり、剣之助は悄然と上屋敷から引き上げた。

足は無意識のうちに采女ヶ原に向かった。賑やかな声が聞こえてきて、広場に出ると、どこかにお鈴がいるかもしれないと見渡した。

しばらく佇んでいたが、女太夫は姿を見せない。きょうは別な場所に門付けに歩いているのだろう。

黒い雲が流れている。今にも雨が降り出しそうだ。

ここまで来たのは大助のことよりも、お鈴に会いたいという思いのほうが強かったのかもしれないと、剣之助は自分の心に気づいて啞然とした。

いつしか大助よりお鈴を探している自分に、剣之助は後ろめたいものを感じた。

お鈴への思いを振り切るように釆女ヶ原を抜け出ると、まったくの別人のようだったさっきの松中宗助の声が蘇った。

「中井大助のことにもう関わらんほうがいい。おまえのためだ」

松中宗助はそう言ったのだ。おまえのためだというのは、身の危険があるという意味に違いない。

立心寺の帰りに襲われたのも中井大助のことと無関係ではないということか。

松中宗助の急変は上役に激しく叱られたとしか思えない。それは、大助の母親の実家の菩提寺を聞き出そうとしたからに違いない。

つまり、大助は母親の実家の菩提寺にいる、あるいはそこに大助に関する何か手掛かりがあるということに違いない。

菩提寺を見つけ出す手立てがあるだろうか。父に相談してみようか。そんなことを考えていると、微かに三味線の音が聞こえてきた。

はっとして立ち止まり、耳を澄ました。が、風になびいた草木が音を立てているだけだった。幻聴か。

八丁堀に帰って来たのは夕方近かった。

屋敷の前に、浪人が立っていた。おやっと思ったのは、どこぞで見かけたことがあると思ったからで、ひとの気配に気づいて浪人が顔を向けたとき、剣之助ははたと気がついた。いつぞや、助けてくれた浪人だった。

「浦里さまではありませんか」

剣之助は駆け寄った。父から聞いた浦里左源太だ。

「おう。剣之助だな」

酒臭い。眉間の深い皺が顔をよけいに暗いものにしている。

「はい。いつぞやは助けていただきありがとうございました。さあ、どうぞお入りください」

「まだ帰っていないようだな。出直す」

屋敷から遠ざかるように、左源太は歩き出した。

「待ってください。せっかくここまでお出でになったのですからどうぞ。もうじき父も帰って来るはずです」

「気まぐれに足が向いただけだ。また、来るからよしなに伝えてくれ」

なんと辛《つら》そうな顔をしたひとだろうと、剣之助は左源太を見送った。

屋敷に入ると、るいが飛び出て来た。

「兄上。何かわかりましたか」

「だめだ」

「そうですか」

るいががっかりしたようにうなだれた。

「ただ、大助のいそうな場所に心当たりがついた」

「えっ、どこですか」

「場所はわからないが、大助は母御の実家の菩提寺に預けられていると思われる」

「お寺にですか」

るいが不審そうな顔をした。

「うむ。ただ、そこにほんとうにいるかどうかわからない。でも、そこに行けば手掛かりが摑めそうだ」

変死し、その菩提寺に埋葬されている可能性もなくはない。だが、そのことは口に出せなかった。

「菩提寺はどこなのですか」

「それがわからないのだ」

「わからないのですか」

るいが落胆したように悲しげな顔をした。

「いや、父上に調べてもらえばわかると思う」

ふと、るいが何かを思い出したように目を輝かせた。

「もしかしたら、母上がご存じかもしれない」

「母上が？」

「いつか、大助さまがうちに遊びに来たとき、母上が大助さまのお母さまの実家の話をしていたのです」

「それはほんとうか」

剣之助は小躍りしたいくらいに喜んだ。

「よし、母上にきいてみよう」

玄関に行くと、母の多恵は見すぼらしい姿の年寄りの相手をしていた。何か相談ごとで来たのだろう。

母は菓子折りと袱紗《ふくさ》包みを持って頼みごとに来る商家の旦那を相手にするより、貧しい町人と接するほうがより親身になっている。

だから、母のところには引きも切らずに町人たちが相談に来る。

安心したように年寄りが引き上げたあとで、剣之助は声をかけた。

「母上。ちょっとお訊ねしたいことがあります」

「なんでしょう」

母は剣之助とるいの顔を交互に見た。

「中井大助の母御どののご実家の菩提寺がどこだかご存じではありませんか」

「菩提寺ですか」

母は訝《いぶか》しげな表情で、

「そこに何かあるのですか。まさか、大助どのがそこに？」

と、きいた。

さすがに勘の鋭い母だ。

「わかりませんが、その可能性もあるかと思います」

「そうですか」

母が考える仕種をし、

「そう、大助どのにきいたことがあります。母上ぎみのおばあさまがお亡くなりになって葬儀に参列なさったという話をしていましたね。確か、お寺はたんぼの幸龍《こうりゅう》寺」

「たんぼの幸龍寺？」

「ええ。浅草田圃《たんぼ》にあります。観音さまの裏横。だから、人々はそう呼んでいます」

「浅草田圃の幸龍寺ですね」

剣之助は復唱してから、

「これから行ってみます」

というと、るいまでがいっしょに行くと言う。

「るいは待っていろ」

「剣之助。これからでは夜になってしまいます。明日、父上は非番です。父上といっしょに行ったほうがよいと思います」

本郷の立心寺からの帰りに襲われたことを思い出し、さらに大助のことに関わりを持つなという松中宗助の忠告も蘇った。

「わかりました。そうします」

大助は得体の知れぬ大きな陰謀の渦に巻き込まれてしまったのではないかと、剣之助は胸が重苦しくなった。

五

帰宅した剣一郎は剣之助から浅草の幸龍寺のことを聞かされた。

「なるほど。それも考えられるな」

だが、剣一郎は逆に、隅田村の百姓の母子のことを持ち出した。

「身形は百姓だが、どうみても武士の子のように思えるのだ。剣之助にぜひ顔を見てもらいたいと思っている」

「隅田村ですか」

剣之助は気乗りしないようだった。気持ちは浅草幸龍寺に向かっている。

「大助が百姓の子に身をやつす理由がわかりません。大助とは違うように思われますが」

「しかし、浅草の幸龍寺にしても、大助がそこにいるという理由もわからぬではないか。何か我々の窺い知れぬ事情があるのやもしれぬ」

「父上。大北藩の勤番の松中宗助どのが言うように、大助は何らかの理由で死に、その死を隠すためにひそかに埋葬した。それが立心寺ではなく幸龍寺だという可能性もあります。まず、そのことを確かめたいと思います」

「うむ」

「じつは」

　と、剣之助が厳しい表情になった。

「立心寺には何ら怪しいことはなかったと、松中どのに話したら、母御の実家の菩提寺ではないかと言い、菩提寺を調べてくれるということだったのです。ところが」

　剣之助は息継ぎをし、

「松中どのの態度が急変しました。松中どのは母御の実家の菩提寺を探そうとしたことで、藩の上役にこっぴどく叱られたのではないでしょうか。もう大助に関わるなと、強く言うのです。それに、立心寺の帰りに襲われたことも知っていました」

「剣之助が破落戸に襲われたことを知っていたのか」

　そのことは、それを命令した人物が松中宗助の周辺にいることを意味している。やはり、大助の失踪には深い秘密がありそうだ。

「よし、わかった。剣之助の意見に従うことにしよう」

　浅草の幸龍寺にまず行き、それから隅田村にまわってもよいと思ったのだ。

「はい。では、明日」

　力強く答え、剣之助は立ち上がり、部屋を出ようとして、

「そうそう、そのとき助けてくれた浦里さまが夕方門前に立っておいででした」

　と、思い出したように告げた。

「なに、左源太が？」

「はい。お入りいただこうとしたのですが、また来ると言い、去って行かれました」

「左源太が来たのか」

「酒臭い息を吐いておりました」

剣一郎は胸が疼いた。

離縁され、再び浪々の身になって自棄《やけ》になっているのであろう。左源太らしくもない、もう一度やり直すのだ。そう叫びたかった。が、それより、左源太が何か事件に巻き込まれているらしいことが気になる。

左源太のために、俺に何が出来るのか。剣一郎は深いため息をついた。


翌朝、剣一郎と剣之助は浅草に向かった。もし違っていた場合には隅田村に向かうつもりで、文七も連れてきた。

道々、文七の報告を聞いたが、まだ母子の素性はわからないとのことだった。向島付近の村々を歩き回ったが、今度は少し足を伸ばし、葛西方面を調べてみると、文七は事も無げに言った。村々の調査はたいへんな労力を要すると思うのだが、文七は苦にならないらしい。

浅草田圃にある幸龍寺に到着したときは、もう陽が高く上っていた。

日蓮宗の名刹《めいさつ》である。入母屋《いりもや》造りの山門を入ると正面に本堂、左手に庫裏《くり》があり、その先が墓地になっている。いつの間にか文七が姿を消していた。

庫裏の玄関に入り、声をかけた。部屋数も多そうな大きな建物だ。

暗い奥から年寄りが出て来た。

「私は青柳剣一郎と申す。住職にお会いしたいのだが」

「へい。ただいま本堂におられるはずです」

「つかぬことを訊ねるが、最近、こちらに十二歳くらいの男の子が預けられたということがないかな」

「い、いえ」

年寄りの顔色が変わったのを見逃さなかった。

「そういうことはないと申すのだな」

「は、はい。ございません」

うろたえている。

「わかった。では、本堂にまわってみよう」

礼を言い、本堂に向かう。

本堂から読経が聞こえた。

「父上。大助はここにおります」

剣之助が興奮を抑えていた。

「うむ。とりあえず、住職に会ってのことだ」

四半刻（三十分）ほど経ってから、読経が止んだ。

本堂脇の階段を下りて、小肥りの住職らしき年配の僧侶が庫裏に向かう。

剣一郎は近づいて行った。

「ご住職どのですか」

「さよう」

威厳を保つように鷹揚に顔を向けた。

「私は南町奉行所与力青柳剣一郎と申します」

寺の管轄は寺社奉行であり、町奉行所の手の出せるところではないが、あえて名乗ったのは傲岸《ごうがん》な僧侶に対しては効果的だと思ったからだ。

「奉行所与力が何用でござるか」

「与力として参ったのではございません。じつは、こちらに十二歳ぐらいの男の子を預かっていると聞いたものですから」

「何を言うておられるのかわからん」

「はて。中井どのよりそう伺って来たのですが」

「なに中井どのが？」

「さよう。ぜひ、大助に会わせていただきたい」

「大助などという子は預かってはおらん。何かの間違いでござらぬか」

「名前を変えているかもしれません」

住職はしらを切ろうとしたが、

「ご住職。もし、お隠しあるなら町奉行所から正式に寺社奉行にお願いせざるを得ません。このお寺に迷惑がかかっても困るでありましょう。他言はいたしませぬ。だから、会わせて頂きたい」

剣一郎は強気に出た。後ろめたいことがあれば、相手が動揺するだろうと思った計略が当たったようだ。うむと、住職は困ったような顔をしている。

「男の子を預けたのは中井十右衛門どのでござるな」

「違う」

「違う？」

「ある商家のお内儀どのじゃ。お名のほうは勘弁して欲しい」

「わかりました。では、男の子の名はなんと？」

「多助《たすけ》だ」

「多助……」

大助の変名かもしれない。

「ぜひ、会わせていただきたい」

「まこと、他言は無用に願いますぞ」

「誓って」

住職が折れたのは剣之助の存在も大きかったかもしれない。

住職のあとについて庫裏に向かった。

庫裏に入ると、さっきの年寄りに、多助を呼ぶように命じた。

剣之助が緊張しているのがわかった。

やがて、年寄りのあとについて男の子がやって来た。

「違う」

剣之助が茫然と呟いた。

「違う？　大助ではないのか」

多助が警戒するように途中で足を止めた。

「そなたはどこからここにやって来たのだね」

剣一郎は訊ねた。

しかし、多助は黙っている。

「青柳さま。どうやらおひと違いのご様子。多助も驚いております。どうぞ、お引き取り願えますまいか」

あえて多助を問い詰めることも出来なかった。

「失礼いたした」

「多助の親御さんにも複雑な事情がおありのようでございます。くれぐれも内聞に」

「わかり申した」

改めて多助の顔を見た。不安そうな顔を伏せた。

剣之助の足取は重かった。

山門の外に、文七が待っていた。

「庫裏に他には子どもはおりやせんでした」

文七は庫裏に忍び込んだのだ。

「ところが、三人ほど侍がおりました」

「ほう……」

多助の護衛だろうか。

「大助はどこに行ってしまったのでしょうか」

泣きそうな声で剣之助がきいた。

「隅田村だ。剣之助、これから隅田村に行くぞ」

「はい」

若者らしく、さっと気分を切り換えて、元気に剣之助は返事をした。

浅草寺の広大な境内を突っ切り、今戸から橋場に出て、そこから対岸への渡し船に乗り込んだときには陽も大きく傾き、陽光が斜めから射して川面がきらきらと光っていた。

嬉野《うれしの》の杜《もり》に水神様の大屋根が見える。寺島村の船着場に到着し、百姓の隠居らしい男のあとに続いて桟橋に下りた。

土手に上がると、水田の水も夕陽を浴びて白く輝いている。須田村から隅田村に入った。先を歩く文七の顔つきが変わった。

「どうした?」

剣一郎は文七の背中に声をかけた。

「へい。張りついていた奴らの姿がないようなんです」

母子を見張っていた者の姿がないということは……。

「文七、急ぐんだ」

「へい」

文七は裾をつまんで駆け出した。剣一郎もあとに続く。

樹林に囲まれた百姓家が見えて来て、文七はまっしぐらに離れに向かった。

「いません」

文七はすぐに母屋に向かった。

入口で呼びかけると、女房が出て来た。

「離れに、母子が住んでいたはずですが、どうなすったんでしょうか」

「おまえさんは？」

女房は警戒ぎみにきいた。

剣一郎が前に出た。

「私は南町奉行所与力の青柳剣一郎と申す。故《ゆえ》あって、その母子に会いに来たのだ」

「は、はい。あの母子は今朝早く、ここを出て行かれました」

「なに、出て行った？　どこへ行ったかわかるか」

「須崎《すざき》村に知り合いがいるとか」

「今度は須崎村か」

母子はもともと葛西村に住んでいた。が、寺島村から隅田村へ。そして、今度は須崎村へ移動したという。

「あの母子はどうしてこちらで世話になるようになったのだな」

「はい。お坊さまがやってこられまして、しばらく離れを貸してくれないかと頼まれたんですよ。お坊さまがお使いになるのかと思っていたら、あの母子がやって来たんです」

寺島村の場合と同じだ。すべて、その男が差配しているようだ。須崎村へ移ったのも、その男の指図なのだろう。

「母子がここにいる間、何か変わったことはなかったかね」

「はあ、なんだか人相のよくない男たちがうろついていました。気味悪くて……。だから、出て行ってもらってほっとしているんですよ。あの母子はいったい何者なんですか」

「いや、我らもよくわからんのだ。邪魔をした」

百姓家を引き上げて、再び土手に向かった。

「どうしやす、須崎村に行ってみますか」

「通り道だ、寄ってみよう」

土手道を歩くうちに西の空は夕焼けに染まって来た。

行く手のかなたに富士の稜線がくっきり見えている。

弘福寺《こうふく》のこんもりとした樹林が見えて来て、道を須崎村のほうに折れた。

文七が庄屋の家を訪ねたが、母子のことは耳に入っていないようだった。

辺りをまわっていると、前方に黒い影が走った。

「どうやら囲まれたようだ」

剣一郎は鋭い目を周囲に這わした。

「父上」

「剣之助、文七から離れるな。文七、頼んだぞ」

「へい」

手拭いで頬かむりをした侍たちが五人。いずれも浪人のようだ。

「てめえたち。何者だ。誰に頼まれた」

剣一郎は剣を抜いた。

「あの母子を狙っているのか、それとも」

最後まで言わないうちに、長身の侍が上段から斬りかかってきた。剣一郎も腰を落とし、剣を受け止めるやさっといなし、相手が体勢を崩した隙に峰を返し、籠手《こて》に打ち込んだ。

低く呻《うめ》き、相手は剣を落とした。

続けざまに別の侍が剣一郎の背後から襲ってきた。身を翻《ひるがえ》し、片手で相手の剣を叩き落とす。

剣之助と文七も敵に囲まれているが、なんとかしのいでいる。

「どけ」

太い声と共に、くらがりから巨軀の浪人が出て来た。

剣一郎より頭一つ高く、胸板が分厚く、腕も丸太のようだ。

「俺が相手だ」

抜いた剣は胴太貫《どうたぬき》。それを無造作に右下段に片手で構える。一見隙だらけに見える構えだが、剣一郎にさっと緊張感が走った。つい誘い込まれそうになる隙だらけの構えに、斬り込んでいけばたちまち剛剣に弾き飛ばされるかもしれない。

相手がぐっと間合いを詰めてきた。後退る。さらに相手が詰め寄る。剣はだらりと下げたままだ。

剣一郎は正眼に構えたまま、相手の動きを見た。間合いを詰めてきた。が、今度は剣一郎も前に出た。

間合いが詰まった。斬り間に入ったとき、剣一郎は八相に構え直した。すかさず、袈裟懸けに斬り込む。

相手は剣をすくい上げた。剣と剣が激しくぶつかった。剣一郎は手首に満身の力を込め、剣が弾き飛ばされるのを防いだ。

剣を交えたまま押し合いになった。相手の力は強い。が、剣一郎も左の手のひらで棟《むね》を支え、相手の力に対抗した。

が、背後に徐々に別の剣が迫っているのに気づいた。これで背後から襲われたら防ぎようがない。背後の敵の攻撃を防ぐために剣を離したら、目の前の胴太貫が襲ってくる。身動きがとれない。剣之助と文七が向こうで敵と闘っていた。

剣一郎の額から流れた汗が目にかかった。

そのとき、背後に迫ってきた敵が悲鳴を上げた。何者かが助太刀をしてくれたのだ。相手が気を散らした間隙《かんげき》をついて、さっと剣先を下げ、相手の剣を滑らせて外し、相手の懐に飛び込むようにして脾腹を打ちつけた。

うっと、巨軀が体を二つに折って呻き声を発した。が、唸りながらもすぐに体勢を立て直した。剣一郎は間髪を入れず踏み込んで、今度は腕に打ち込んだ。

相手は剣を落とした。

「退け」

と怒鳴り、素早く身を翻した。

ふと、かなたの木陰から深編笠の侍がじっと今の様子を見ているのに気づいた。浪人たちが逃げると、その侍も闇に消えた。

剣を納め、剣之助と文七が無事なのを確認してから助太刀の御仁に顔を向けた剣一郎は覚えず目を凝らした。

「左源太。左源太ではないか」

剣一郎は駆け寄った。

酔っているのか足をもつれさせ、

「剣一郎だったとは驚いた」

と、左源太は目を細めて言った。

「どうしてここに？」

剣一郎がきくと、左源太は一瞬厳しい表情になってから、

「弘福寺の傍《そば》にある料理屋で呑んでの帰りだ」

酔った風情を見せているが、今は左源太から酒の臭いはしない。

「助かった。礼を言うぞ。この前は伜が、今夜は俺が助けられた」

左源太の戸惑いぎみの表情は気になった。

「おぬし、今の連中が何者か知っているのではないか」

剣一郎は口調を変えた。

「知らん」

「左源太。お袖と祥吉と名乗った母子に関係しているのではないか」

剣一郎は畳みかける。

「知らんよ。俺は一介の浪人者だ」

何をきいても無駄だと思った。

「きのう、俺を訪ねてきてくれたそうだな」

「近くまで行ったついでに寄ってみただけだ」

「何か話があったんじゃないのか」

「ただ、顔を見てみたかっただけだ」

左源太の目が暗く、悲しみに満ちているように思え、剣一郎ははっとした。左源太は何かに苦しんでいるのではないか。

離縁され、藩を追放されたことの寂《さび》しさもあるだろう。だが、決してそれだけではない。もっと何かで悩んでいるのではないか。それは薬研堀での殺しや行商人の死などの事件に絡んでのことのように思えてならない。

「また、そのうち寄せてもらう」

左源太が千鳥足で土手とは反対の秋葉《あきば》神社のほうに去って行った。

「酔った真似をしおって」

剣一郎は吐き捨てた。

果たして左源太がどこに行っていたのか。お袖、祥吉母子と結びつくのは、殺された薬売りの存在があるからだ。

それにしても、今の覆面の侍たちは何者なのか。

やはり、大北藩に何かあるに違いない。


翌日、出仕してから、年番方与力で、奉行所の大御所的存在である宇野清左衛門のもとに伺った。

「青柳どのか。何用かな。剣之助どのの元服の儀か」

宇野清左衛門は威厳に満ちた顔できいた。

「いえ。その件につきましては後日改めてお願いにあがります」

烏帽子親を務めてくれるという清左衛門に謝してから、

「ちとお願いがございます」

と、剣一郎は切り出した。

「なにかな」

「大北藩のご留守居はこちらにも顔をお出しになるのでしょうか」

奉行所には各大名から付け届けが来る。藩士が事件を起こした場合に備えて、奉行所と常につなぎをとっておくのだ。

「大北藩もやって来ているはずだ」

宇野清左衛門が訝しげに見て、

「大北藩に何かあるのか」

「いえ。まだわかりません。が、何か蠢《うごめ》いている。そんな気がするのでございます。じつは……」

と、剣一郎はかい摘んで話した。

これまでの剣一郎の活躍を熟知しているので、清左衛門も真顔になった。

「大北藩御留守居役は脇田助左衛門《わきたすけざえもん》どの。だが、長谷川どののお役目だからな」

大名の付け届けは、その藩の留守居が駕籠に乗って侍ふたり、草履取りを伴って玄関式台にやって来る。取り次ぎを経て挨拶に出るのが公用人の長谷川四郎兵衛だ。

各大名には留守居役というものがあって、幕府への交渉や打ち合わせ、また他の大名との打ち合わせなどを行う。

打ち合わせといっても単純なものばかりでなく、幕府からの金のかかる用向きを押しつけられそうなときには、これを外すか軽減するように働きかけたり、藩に不利になりそうなことを防ぐ駆け引きを役目としているのだ。

そのためにいろいろな情報を集める必要があり、各大名の留守居役と情報の交換などを行うためにしょっちゅう宴会を催している。

「ぜひ、その脇田どのにお目にかかれるように長谷川さまにおとりはからい願えませぬでしょうか」

「それはよいが、長谷川どのに借りを作るのもいかがなものかな」

「はあ」

剣一郎も迷った。

まつの件がある。へたに借りを作って、無理な頼みを聞き入れざるを得なくなるのも困る。はて、どうするかと思っていると、宇野清左衛門がはたと膝を叩いた。

「そうじゃ。以前に大北藩士が何かの事件に巻き込まれて橋尾左門がお目溢《めこぼ》しをしてやったことがあった。それからは、ときたま左門のところにも贈物をしているようだ」

左門め。そういうところからも付け届けをもらっているのかと、呆れる思いだったが、今の場合は幸いだった。

「よいことをお伺いいたしました。橋尾左門に頼んでみます」

「それがよかろう。脇田どのはことのほか酒席が好きでな。おぬしが自腹を切って一席持つというのなら脇田どのを呼びやすいだろう」

「料理屋でございますね」

「芸者を呼ばざるを得まいな」

「わかりました。そうさせていただきます」

そう答えながら、多恵の顔を思い出したのは軍資金のことだった。

その夜、多恵にそのことを話した。

「お仕事に必要なお金は惜しんではいけませぬ」

多恵は笑いながら金を出してくれた。

それから、剣一郎は左門の屋敷を訪れ、大北藩御留守居役脇田助左衛門を招待することを頼んだ。

六

翌日の昼間、剣一郎は向島にやって来た。

芋田楽《いもでんがく》、麦とろ汁、しじみ汁、すずめ焼き、鯉こくなどを食べさせる茶店式の食べ物屋に一々顔を出して、一昨日の夜、浪人者がやって来なかったかを訊ねた。

さらに、この辺りには有名な料理屋が幾つかある。そういう場所にはいかないであろうが、念のために剣一郎は高級料理屋にも当たってみた。誰かに連れてこられたという可能性もあるからだ。

しかし、浪人者が客で来たという返事はなかった。

左源太が酔った振りを装っていたが、あの夜は酔っていなかった。この辺りで呑んでいたというのは嘘だ。

やはり、何か別の用事で来ていたのだ。それが、あの母子に関係しているとみて間違いない。

それにしても、あの母子は何者なのか。文七が苦労して捜しているが、まだ母子の素性は摑めないでいる。

弘福寺から土手に出たとき、ふと向こうから歩いて来る三人連れの遊び人がいた。図体のでかい男ともやしのような男、それに小肥りの男。例の母子に因縁をつけていた破落戸だと気がついた。

最初に気づいたのはもやしのような男だ。ぎょっとしたように足を止めた。

剣一郎は近づいて行った。

「また、会ったな。こんなところで何をしている。また、行楽客を狙っているんじゃあるまいな」

「とんでもねえ」

図体のでかい男が体をすくめて言った。

「ほんとうですぜ」

小肥りが懸命に言う。

もやしに顔を向ける。

「ほんとうです」

もやしも畏まって答えた。

ふと、剣一郎は思いついたことがあった。

「ところで、ちと訊ねたいが、この前のおめえたちが威《おど》していた母子」

「旦那。もうやっちゃいませんぜ」

「わかっている。あの母子はどっちのほうからやって来たかわかるか」

三人は顔を見合わせた。

「別に、おめえたちをどうしようと言うのではない。ただ、あの母子のことが知りたいだけだ」

「へい」

もやし男が一歩前に出た。

「あの母子は船で寺島の渡し場に着いたんです」

「船だと？　ほんとうか」

「へえ。じつは俺たちも橋場から同じ船でしてね。そんときは坊さんもいっしょでした。でも、船を下りてから途中で坊さんだけ先に行き、ふたりは長命寺に向かったんですよ。それで、ちとあとをつけて」

「そうか。あの母子は向こうからやって来たのか」

剣一郎は対岸の今戸《いまど》、橋場のほうに目をやった。

「旦那。もういいですかえ」

「ああ、いいぜ。もう悪さをするんじゃねえぜ。今度悪さをしたら、この青痣が許さねえからな」

「へえ、わかっています」

三人は逃げるように走って行った。


それから二日後の夜、剣一郎は日本橋の料亭『常磐家《ときわや》』に橋尾左門、そしてどういうわけか宇野清左衛門と共に上がった。清左衛門が同席したいと言ったのは自分も遊びたかったからだろう。おかげで、余分な費用がかかる羽目になった。

女将の案内で庭に面した座敷に通された。石灯籠《いしどうろう》に火が灯っている。

ここは、奉行所でよく使う料亭だ。

新任の者は同僚を自宅か料亭に招いて御馳走することになっている。芸妓も招き、盛大に執《と》り行う。そういう場合、たいていこの店だ。

当番方の工藤兵助も新任の挨拶をここでやったのだ。とかく新しい御役につくことは気苦労が多い。こと与力の新規召し抱えは仕事に馴れるまでは古参者に気ばかりでなく、金も使わなければならない。上司たちに付け届けが必要なのだ。

最初は料理屋に接待し、帰りには土産まで持たせなければならない。

奉行所はいろいろなところからの付け届けが多く、新任の者からの付け届けも当たり前のように思っている。変な仕来《しきた》りだと思ってはいるが、剣一郎もそれに従って来たのだ。

このような悪弊は一掃すべきだと思うが、こういうことが武家社会に長い間根付いてきた知恵なのかもしれない。

「まつを呼んでありますね」

剣一郎は女将に訊ねた。

「はい、青柳さまのお座敷と聞けば、他のものを振り払ってでも参りましょう」

女将は軽口を叩いた。

堅物の橋尾左門がじろりと睨んだ。そんな芸者と馴染みなのかという非難の目だ。剣一郎は綻《ほころ》んだ口許をあわてて引き締めた。

それからほどなく廊下に賑やかな声が聞こえた。

襖が開いて仲居が顔を出し、脇田助左衛門の到着を知らせた。その背後から恰幅のよい男が満面に笑みを浮かべて、

「いや、橋尾どの。今夜はお招きかたじけない」

と、まるで我が家にいるようにずかずかと入って来た。

でっぷりとして、顔色がよい。毎晩よいものばかり食べていることが想像出来る。

「やっ、宇野どのもごいっしょですか。これはどうも」

「さあ、どうぞ」

宇野清左衛門が上座を勧めると、

「いやあ、宇野どのがそちらへ」

と、脇田は如才がない。

「今宵はわれらのご招待。さあ、どうぞ」

「さようですか。しからば、遠慮のう」

背を丸め、せかせかと床の間の前に、どっこいしょとあぐらをかいた。武士というより、まるで芸人が袴《はかま》を穿《は》いているようだ。

だが、鋭い眼光をときおり剣一郎に向けている。

「脇田どの。これは我が部下の青柳剣一郎めにござる。今後、何かと世話になると思いま

すので、よろしくお願いいたします」

「さようか。脇田助左衛門でござる」

鷹揚《おうよう》に答える。

「青柳剣一郎でございます。いこう、お見知り置きを」

「そなたが、青痣与力でござるな」

「おや、脇田どのは青痣与力をご存じでござるか」

宇野清左衛門が意外そうにきいた。

「御留守居寄合でも、青痣与力のことは評判でござる」

各大名の留守居役は毎日のように寄合をしているのだ。その金は藩から出ており、いわば殿さまの費用で贅沢をしている連中である。

襖が開いて、酒が運ばれて来た。

「さあ、どうぞ」

女将が脇田助左衛門に酒を勧めた。

「女将。もう呼んでもらおうか」

剣一郎は女将に声をかけた。

頷《うなず》くと、女将が手を叩いた。

襖が開き、黒の座敷着のまつが襖の前で手をつき、裾捌きも鮮やかに、続いて若い芸者もりんとした姿で入って来た。

これがまつの言っていた妹分の芸者だなと、剣一郎は目を見張った。まつの実の妹としても通用しそうな器量だ。

脇田助左衛門はまつを見て、

「おお、まつではないか」

と、すっかり相好を崩した。その目から鋭い眼光は跡形なく消えていた。

「脇田どのはまつをご存じでござるか」

宇野清左衛門がきく。

「何度か、お座敷で会ったことがある。これほどの名妓、江戸でも他におるまい」

「まあ。脇田さまは相変わらずお口が上手でございますこと。さあ、どうぞ」

まつが酒を勧める。

「脇田さま。この妓は私の妹分で小吉と申します。どうぞ、可愛がってやってくださいませな」

「ほう、小吉か。なかなかいい器量だ。結構、結構」

小吉の手を握り、脇田はすっかり上機嫌だ。

橋尾左門はぶすっとして、鬼与力の威厳を崩していない。

とりとめもない話で座が弾み、銚子も数本空いた。

「まつ。おまえの糸で唄いたくなった」

脇田が気持ちよさそうに言う。

「はい」

まつは三味線を持ってきた。

調子を合わせる弦の音が響く。

「じゃあ、何を」

脇田助左衛門はすっかりいい機嫌になって、端唄を披露した。

毎晩のようにお座敷で遊んでいるのだ。なかなかの芸達者だ。御留守居というのは遊び人が多いと聞くが、他藩の者もこういう調子なのか。それとも、脇田助左衛門の個性なのだろうか。

次にまつが唄い、小吉が踊る。

しまいには脇田も踊った。

そうなるとじっとしていられないのが宇野清左衛門だ。

そういえば、宇野清左衛門もさっきからよく呑んでいた。目の縁が赤くなっている。こうなるとちょっと心配なことがある。

「宇野どのも何か」

「しからば」

宇野清左衛門が立ち上がりかけたので、

「宇野さま」

と、剣一郎は声をかけた。

奉行所ではいつも威厳に満ちた顔をしている清左衛門だが、酔うと裸踊りをする。この場で、そこまで乱れてもらっても困るので、

「私めが」

と、剣一郎が自ら進んで出た。

「おう、青柳どのも何かやられるのか。ぜひ、お聞きしたい」

脇田が面白がる。

「それでは」

まつに目配せをし、

「伊勢音頭でも」

と言い、畏まった。

「おぬし、多恵どのに隠れて遊んでいるな」

左門が小声で言う。

「違う。よけいなことを多恵に言わないでくれ」

「言うものか」

左門はぶすっとした表情をした。

「橋尾どのも何か一つ」

脇田が勧める。

「いえ、私は不調法で。もっぱらこれだけでして」

左門は猪口《ちょこ》をつまんだ。

芸の披露が終わり、再び酒を酌み交わした。

「脇田さまのようなお仕事もなかなかご苦労の多いことでございましょうね」

まつがさりげなく切り出す。

「まあな」

「小吉ちゃん。この脇田さまのお力によって、脇田さまのお屋敷は不利なことから免《まぬが》れているんだよ」

「まあ。素晴らしい」

剣一郎との打ち合わせを小吉も承知しているのか、大仰に目を丸くした。

「いってみれば、わしが藩を守っているようなものだからな」

脇田が得意気になった。

「でも、脇田さまのお屋敷でそんな困ったことなどおありなのですか」

「めったにあるものではない」

まつが剣一郎に目配せした。

剣一郎は目顔で応じる。

「そう言えば、この前、薬研堀で斬り殺されていたお侍さまの身元がわからないんですってね」

脇田の表情が一瞬険しくなったのを、剣一郎は見逃さなかった。

「脇田さま。そのことでちとご相談が」

「うむ？」

警戒の色を見せて、脇田が剣一郎に顔を向けた。

剣一郎はまつに向かって、

「すまないが、少しの間、座を空けてもらえないか」

「はい」

まつは小吉に目配せして腰を浮かせた。

「宇野さまも、左門も」

「なに、わしもか」

宇野清左衛門が目を剝き、左門も顔をしかめた。

「はい。お願いいたします」

うむと頷き、宇野清左衛門も立ち上がった。左門も部屋を出て行った。

座敷に脇田助左衛門とふたりきりになった。

厳しい顔で、脇田が酒を呑んでいる。

「今、お話に出た薬研堀で殺された者は大北藩藩士ではないかと見ております」

「ばかな。我が藩にそんな者はおらん」

脇田は乱暴に酒を呷《あお》った。

「脇田さまは藩が不利益を被らないように対処するのがお役目。今、大北藩では何かが起こっているのではございませんか」

「何を言っておるのかさっぱりわからん」

脇田が不機嫌そうに吐き捨てた。

「両国橋の百本杭に流れついた薬売り。これも武士かと思われますが、身元が割れませぬ。江戸の者ではないからではありませぬ。知っている者の口を閉ざしているからでございます」

脇田から返事がない。

「今、お殿さまは国元でございますね」

藩主は国元に帰っている。参勤交代で、江戸にやって来るのは来年の四月だ。

「ところで、藩に中井十右衛門どのがいらっしゃいますね」

「それがどうした?」

脇田の顔が厳しくなった。

「中井どのの子息大助と私の子どもは友達であります。ところが、大助が病気と称して行方がわかりません」

「だからどうした？」

「脇田さまはご存じではありませぬか」

「わしが知るわけないだろう」

突っぱねるような言い方であった。

「この大助失踪の裏に何か秘密が隠されていそうです」

脇田は不機嫌そうに押し黙った。

「私の友に浦里左源太という者がおります。この者は十年前、ひょんなことから大北藩の波多野清十朗どのに見初められ娘婿になり、大北藩に仕官をして国元で暮らしておりました。その左源太が今、浪人の身となり江戸に舞い戻っております。なぜ、左源太が禄を離れなければならなかったのか」

「酒がまずくなった」

脇田が立ち上がろうとした。

「お待ちください」

剣一郎は引き止めた。

「私は決して貴藩に仇《あだ》をなそうとしているものではありません。が、このままではまた何人かの死者が出ます。そうなったら、貴藩の揉め事が表面化するのは必定《ひつじょう》。そのことを防ぐ意味でもどうぞお話ください」

片膝立ちから、脇田は再びあぐらをかいた。

「脇田どの。どうぞお話ください」

「青柳どの。わしは何が起こっているかは知らんのだ。だが、国元では御家老と反御家老派が対立していることは聞いている。わしが言えることはそこまでだ」

「対立の要因はなんでしょうか」

脇田は口を真一文字に結んで開こうとしない。

「藩主には吉松《よしまつ》ぎみというお世継ぎがいらっしゃるそうですが」

再び、脇田の目が鈍く光った。

「ひょっとして、このことで何か」

「青柳どの。勝手な詮索をしてもらっては困る。今宵は馳走になった」

脇田助左衛門は立ち上がった。

乱暴に脇田が出て行ったあと、あわてて宇野清左衛門が飛んで来た。

「どうしたんだ？」

「お帰りになりました」

「何があったのだ？」

「大北藩の内情に触れたところ、いきなりお帰りになられました」

宇野清左衛門は呆《あき》れたような顔をしていた。

第三章　密命

一

風が砂塵を舞い上げ、そのたびに往来のひとは俯《うつむ》いて立ち止まる。

道場を出てから日本橋まで来て、剣之助はふと気が変わり、そのまま大きな商家の並ぶ東海道をまっすぐ大北藩上屋敷に向かった。

京橋を渡ってから河岸に出て、やがて大北藩の上屋敷にやって来た。

広大な屋敷をぐるりとまわり表長屋の松中宗助の部屋の下に立ち、連子窓に向かって呼びかけようとして、覚えず声を抑えた。

自分が会いに行けば松中宗助に迷惑がかかるかもしれないと気がついたのだ。上役から何か釘を刺されている可能性がある。

それに剣之助自身にも危険が迫っているのだ。先日の須崎村で浪人たちに襲われたのも大助の行方を探していることと無関係ではないように思える。

急いでその場を離れたが、このまま松中宗助と会えないのも心残りだ。そう思いながら采女ヶ原に向かっていると、女太夫の一行に出会った。

剣之助は立ち止まった。お鈴だ。たちまち、激しく動悸がした。

目笊《めざる》を頭に載せた男が近づいて来て、

「また、お会いしましたね」

と、笑いかけてきた。

すぐ後ろから、お鈴が笠の内から口許に笑みを浮かべてこっちを見た。剣之助は頬が赤らむのを隠すように大きく頭を下げた。

そんな剣之助の仕種が面白かったのか、うふっという声がお鈴の口から漏れた。年増の女太夫が、

「確か、剣之助さんと仰《おつしや》りましたね。また、大北藩のお侍さんのところに？」

と、声をかけてきた。

「は、はい。でも、会えませんでした」

「あら、どうして？」

「私がいろいろなことを頼むものだから、上役から叱《しか》られたようです」

「剣之助さん。これからそっちへ行きやす。もしそのお侍さんに会えたら剣之助さんが会いたがっているとお伝えしやしょう」

目笊の男が言ってくれた。

「ほんとうですか」

「ええ。いつぞやのお侍さんですね」

「はい。松中宗助どのです」

「わかりやした。じゃあ、剣之助さんはどこぞで待っていてください」

「木挽橋でいつも会っていました。そこで待っているとお伝えください」

「木挽橋ですね」

お鈴に目を向けると、笠の内の顔が微笑んだ。

またも顔が熱くなった。

三味の音を響かせながら、女太夫の一行は大北藩上屋敷の表長屋を目指した。

剣之助は木挽橋の袂に立った。川面を見つめ、お志乃に対する後ろめたさを覚えながら、お鈴の顔を脳裏に思い描いた。

お鈴の美しさを何と表現してよいのか剣之助にはわからない。お志乃とは違って艶《なまめ》かしい可憐さだ。京人形に魂を入れたような禁断の美しさだろうか。

お鈴の顔を思い浮かべるだけで心の臓は絞り込まれるように切なくなる。

船が横切って行った。背後で男女の声。四半刻（三十分）が過ぎた。松中宗助は顔を出さなかったのか、それとも剣之助に会おうという気持ちはないのか。

風が出て来て、柳が大きく揺れはじめていた。天気が変わるのか、雲が激しい速さで流れている。

さらに四半刻近く経ち、もう来ないと諦めかけたとき、足音が聞こえた。

松中宗助が小走りでやって来た。

「松中さま」

「もう二度と来るなと言っただろう」

息を弾ませながら、松中宗助が怒ったように言う。

「はい。でも、大助の母方の家の菩提寺がわかったことをお伝えしたくて。そこには大助はおりませんでした」

「剣之助。もうそのことに首を突っ込むな」

「松中さま。なぜでございますか。松中さまに何があったのですか。どなたかから何か言われたのではないのですか」

松中宗助は川岸に向かい、

「今、藩中で何かが起きているようだ。俺たち下っ端にはそれが何かわからん。ただ、国元からひそかに藩の者が屋敷にやって来ているのだ」

「国元から」

「大助の失踪と関わりがあるのかわからんが、国元で何か起きているようだ」

松中宗助は風をまともに受けて顔をしかめた。

「何が起きているのでしょうか」

「わからん。ただ」

松中宗助は声を潜め、

「だいぶ前になるが、薬研堀で侍が殺された。朋輩がたまたまその場に通り掛かって死体を見たそうなのだ。その侍の顔を国元で見たことがあると言っていた」

「その事件は聞いています。殺された者の身元がわからないと奉行所が難渋しているとのことでしたが」

「国元の藩士に違いあるまい。ただ、藩は無視している。俺たちの窺《うかが》い知れない何かが起こっているのだ。それに巻き込まれたら身が危険だ。だから、剣之助、大助のことでもう動きまわらないほうがいい。わかったな」

くどく念を押して、松中宗助は逃げるように上屋敷に引き上げて行った。

大北藩の国元で何かが起きた。大助はそれに巻き込まれたのだとしても、なぜ大助の両親は黙っているのだろうか。それとも、こっちが知らないだけで両親も動いているのだろうか。

風が三味の音を乗せてきた。耳をそばだて、無意識のうちにその音のほうに足を運んだが、今度は違う方角から聞こえてきた。風が舞っているのか、三味の音は方角を変えて聞こえ、やがて消えていった。

女太夫の一行は別の場所に移動して行ったようだ。あのように毎日門付けで歩いて生活の糧《かて》を稼いでいる者たちになんとなく哀愁のような感慨を覚えた。

何不自由なく育ってきた剣之助は生まれてはじめて人生というものを垣間見た思いがし、しばらく立ち止まり、ひとの行き来の途絶えた橋を見つめていた。

八丁堀に帰ると、文七が来ていた。

「剣之助さん。母子の居場所がわかりやした」

「ほんとうですか」

「須崎村に天寿院《てんじゅ》という寺がありやす。そこの離れに匿《かくま》われていました」

剣之助が文七にすがりつくように、

「文七さん。今すぐ、私をそこに連れて行ってくれませんか」

「でも、お父上さまに申し上げてからでないと」

「そっと顔を見るだけです。中井大助がどうやら大北藩の揉め事に巻き込まれているようなのです。だから、心配なのです。お願いします」

「私が叱《しか》られますから」

文七が困惑ぎみに言うのは、先日の襲撃があるからだろう。

「船で行けば、まだ明るいうちに着けます」

「しかし」

「ぐずぐずしている間に大助の身に何かが起こったらたいへんです」

剣之助は必死だった。大助に危険が迫っている。その思いに駆られていた。

「剣之助。行ってきなさい」

母の声がした。

「風が強くなってきました。おそらく父上は見廻りに出て帰りが遅くなりましょう。私からよく事情を話しておきます。文七。すみませんが、剣之助を案内してください」

「わかりました」

「剣之助。正助も連れて行くのです」

「はい」

すぐに支度をし、正助を伴い、剣之助は文七の案内で向島に向かった。

南八丁堀の船宿から船に乗り、田安家の下屋敷を右手に大川に出ると、すぐに両国橋に差し掛かった。

橋の上に女太夫の一行を見つけた。が、すぐに人込みに隠れた。橋をくぐってから首をまわし、背伸びをして橋の上に目をやった。遠ざかる橋を見つめていたが、女太夫の一行は視界に入らなかった。

風のせいで波が高く、船が大きく揺れた。これ以上強く吹けば船は出なかったかもしれない。

女太夫への思慕と大助への思いがないまぜになって、浅草御米蔵から浅草寺の五重の塔に移り変わる風景を見つめながらなんだか悲しくなってきた。

水戸さまの下屋敷が過ぎて、やがて三囲神社と牛の御前社の鳥居が見えてくる。

船が三囲神社の鳥居の前にある船着場に着くと、剣之助は若者らしく敏捷《びんしょう》な動きで土手に上がった。

まだ陽の沈むまで間がある。

鯉こくで有名な料理屋『平岩《ひらいわ》』の脇を通り、弘福寺の土塀を過ぎ、田畑の中を突き進み、やがてこんもりとした杜に茅葺き屋根が見えて来た。

文七は迷わずそこに向かった。門に、天寿院とあった。

「ここですか」

まるで廃墟のようだ。仮住いとはいえ、このような見すぼらしい所に住んでいるのかと、剣之助は驚かざるを得なかった。

「ここは一年前まで使っていたそうですが、今はこの先に新しい建物が建って、住職はそっちに移ったようです」

文七が調べてきたことを説明した。

門を入ると、敷石が玄関まで続いているが、文七は門を押して庭に入った。剣之助もあとに続いた。

静かだ。ひとがいるのか。が、文七が腰を屈めて立ち止まった。

「あれを」

文七が指さしたほうを見た。濡れ縁に男の子が佇《たたず》んでいる。

剣之助は目を凝らした。髷も替え、姿形も違う。別人の様子だが、胸の奥から突き上げてくるものがあった。

「大助」

間違いない。大助だ。

無事だったのかと、剣之助は小躍りしたい気分になった。

あっと、文七が叫んで手を伸ばした。文七の引き止める手を振り払い、剣之助は飛び出して行った。

「大助」

剣之助は叫んだ。

顔を向けた大助の目は衝撃からか、いっぱいに見開かれていた。

「大助、探したぞ」

「あなたは誰ですか」

後ずさりながら、大助が叫ぶ。

「大助。俺だ。青柳剣之助だ。るいの兄の剣之助だ」

「知りません」

「知らない？」

　剣之助は半ば悲鳴のような声を上げた。

　そこに女が飛び出して来て、背中に大助をかばうように剣之助の前に立った。

「何ですか。黙って入って来て。出て行ってください」

　女は絶叫した。

　剣之助は啞然とするしかなかった。

「失礼をお許しください」

　飛び出した文七が丁重に謝った。

「こちらの剣之助さまのご友人の大助さまに似ておりましたので、つい声をかけてしまいました」

「この子は大助という名ではありません。祥吉《しょうきち》と言います。どうぞお引き取りください」

　文七と女のやりとりは耳に入らない。剣之助は女の背中に隠れた男の子をじっと見つめた。

「さあ、剣之助さま。参りましょう」

　正助が声をかけた。

「るいが心配しているんだ。食事も喉を通らないほどなんだ。なぜ、なんだ。大助」

女の背中に隠れた大助に訴えた。だが、剣之助の絶叫も虚しかった。

二

ふたりが去ったあとに、風の唸り音だけが残っている。

剣之助のあとを追って行きたい。その思いを懸命に堪え、大助は嗚咽《おえつ》をもらした。

「剣之助さま、お許しを。おるいさん……」

大助の手のひらに涙が落ちた。

こういう形で別れたくはなかった。しかし、事情を話すわけにはいかないのだ。

私は武士の子なのだ。そう自分に言い聞かせる。

お袖が行灯《あんどん》にいつ火を入れたのかも気がつかず、大助は部屋の真ん中で茫然と座っていた。

月の光が障子に射している。

「お辛《つら》い目に遭わせて」

お袖が傍《かたわ》らにやって来た。

「もう、だいじょうぶです。ふいに友の姿を見たものですから取り乱してしまいました」

大助は気丈に言う。

「この通りです」

お袖が畳に手をついて頭を下げた。

「やめてください。これは私の意志でやっていること。どうぞ、お手をお上げください」

あわてて言う。

「なれど、このような酷《ひど》いことを」

お袖も目頭を押さえた。

庭に足音がした。大助ははっと緊張した。

「お袖どの」

良寛坊どのだ。

お袖が障子を開けると、旅装姿の良寛坊が立っていた。

「さあ、どうぞ」

お袖が上がるように勧める。

良寛坊は笠をとり、縁側に腰を下ろして草鞋を脱いだ。

杖と笠を縁側に置き、良寛坊は部屋に入った。

「何かあったのでしょうか」

様子を察し、良寛坊がきく。

「友人の剣之助がここにやって来ました」

「なに、あの若者が」

良寛坊は顔をしかめ、

「ここまでやって来るとは……」

と、眦《まなじり》をつり上げた。

「このままでは差し障《さわ》りが生じましょう」

「まさか」

大助は目を見開き、

「やめてください。あの者に危害を加えるのは」

と、良寛坊に訴えた。

「わしとて無益な殺生はしたくない。が、あの者の口から秘密が漏れたらすべてが水の泡。ここは情に流される場合ではありませぬぞ」

「良寛坊さま。そうまでしなければならないのだとしたら、私は自害します」

「何をおっしゃるか」

良寛坊はふと迷いを見せてから、すぐに顔を上げ、

「ならば、また別な場所に移りましょうぞ」

「また、ですか」

「ここで決着を見るべきと思っておったが、剣之助という若者の父親は青柳剣一郎という

八丁堀与力。いずれ、ここにやって来ましょう」

「今度はどちらへ」

「念のために用意しておいた庵《いおり》が大畑《おおはた》村にあります。そこに行きましょう」

「これからですか」

「さよう。剣之助を始末しないのならそうするしかありませぬ」

今度は妥協を許さないような冷たい声で言い、

「さあ、早く支度を」

と、良寛坊は急《せ》かした。

大助は急いで身支度を調えた。風呂敷包の中には、曰《いわ》くのある脇差が一振りとお墨付き、それに、るいからもらった匂い袋が入っている。

お袖の荷物といっても大きな風呂敷包が一つだけ。不自由な逃亡生活を物語っている。

「じゃあ、行きましょう」

良寛坊について、夜の道を行く。風が埃を振り払ったのか星が無数に瞬き、空の色は淡い紺色に染まっていた。

田圃から虫の音が聞こえる。歩きながら、剣之助の顔を蘇らせていた。

やはり、剣之助とるいは私を探してくれていたのだと思うと、目頭が熱くなった。

くらがりに道標《みちしるべ》があり、ここが木下川薬師《きのしたがわやくし》に向かう薬師道であることがわかった。

もう二度とこの道を戻ることはないであろう。父と母の顔が浮かんできて胸の底から込み上げてくるものがあったが、私は武士なのだと懸命に涙をこらえた。

父と母とは今生《こんじょう》の別れを果たしてきたのだ。

良寛坊はいつしか薬師道からそれ、細い道を入って行った。すると、前方の大きな樹がそびえ立つ下に一軒家が見えた。

障子に淡い火が灯っている。枝折り戸を入り、良寛坊は入口に向かった。

やがて、戸が開いて、腰の曲がった年寄りが顔を出した。良寛坊が何事か囁いている。

「さあ、こちらへ」

年寄りが出て来て声をかけた。

大助とお袖は廊下に上がり、手燭を持った年寄りの案内で、奥の部屋に向かった。

部屋に入ると、年寄りは行灯に火を入れて出て行った。

「ここで最期を迎えたいと思います」

大助がついてきた良寛坊にきっぱりと言った。

「ご覚悟。胸に沁《し》み入ります る」

良寛坊ははじめて深刻そうな顔をした。

「数日うちには刺客が襲ってきましょう。何か、お父上、お母上にお言づけでも」

「いえ、ありません。ただ、大助は武士らしく死んでいったとお伝えください」

お袖の嗚咽が聞こえた。

「それでは私は」

良寛坊が腰を浮かせた。

「お袖さん。祥吉どのは元気でおられます。どうぞ、ご安堵を」

「ありがとうございました」

お袖が手をついた。

良寛坊が去ってから、さっきの年寄りが茶菓子を持って来てくれたが、大助は食欲がなかった。

三

剣一郎はひとりで須崎村にやって来た。

きのうは風が強く、風烈廻りとして市中に見廻りに出て、帰って来たのは夜遅かった。その間に剣之助が文七と共に須崎村に行ってきたと聞いて驚いたが、剣之助が逐一話してくれたことでだいぶ腑に落ちてきた。

まず、松中宗助という江戸詰の侍から聞いて来た話だ。大北藩の国元から藩士が秘密裏に江戸にやって来ているらしいこと。そして、今藩中で何かが起こっているらしいこと。

それは、御留守居役脇田助左衛門から受けた印象と符合する。

お袖、祥吉と名乗った母子の祥吉が実は大助だったということだ。大助本人は否定したが、剣之助は大助に間違いないと言い切った。

文七に場所を聞いて天寿院にやって来たが、案の定、母子はゆうべのうちにいなくなっていた。

新しい院に移り住んだ住職の話では、ここでも良寛坊という旅僧に頼まれて母子を預かったということだった。おそらく、良寛坊は大北藩に繋がる者であろう。

住職は行き先も聞いていなかった。

天寿院を出てから、周辺を歩き回った。

夜に母子連れを見かけた者は探し出せなかった。

飛木《とびき》稲荷の大銀杏《おおいちよう》の上で烏が啼いていた。まるで、母子の行く先を知っているぞとほざいているような啼き声だった。

なぜ、大助は祥吉という者になりすましているのか。本物の祥吉はどうしているのか。

お袖と祥吉母子の素性さえわかれば、すべてが見えてくるはずだ。その母子の素性を求めて、きょうも文七が葛西領まで出向いている。

剣一郎は須崎村から土手に出て、隅田川沿いを両国橋に向かった。

両国橋がだいぶ近づき、幕府御竹蔵の船入りにかかる小さな橋を越えた辺りで人だかりがしていた。

「何かあったのか」

　土手の下を見ている職人体の男に声をかけた。

「ひとが死んでいるんでさ」

　すぐ近くに百本杭。剣一郎は土手を駆け降りた。

　岡っ引きが振り向いた。

「あっ、これは青柳の旦那」

　植村京之進から手札をもらっている岡っ引きだった。

「見せてもらいたい」

「へえ。どうぞ」

　うつぶせに倒れている男は侍だった。外傷は見当たらない。が、体を仰向けた刹那、剣一郎は息を呑んだ。

　喉に傷、絶命剣だ。

「薬研堀で見つかったほとけと同じ傷ですぜ」

　岡っ引きが口を入れた。

「死んでからだいぶ経っているな」

「へい。見つかったのはさっきですが、おそらくゆうべのことでは」

そこに京之進が駆けつけて来た。

「青柳さま」

京之進が会釈をし、すぐに亡骸の傍に赴いた。岡っ引きが説明している。

亡骸から離れ、京之進は剣一郎の傍にやって来た。

「薬研堀の侍のときと同じ相手ですね」

「おそらく、この侍の身元もこのままじゃわかるまい」

「いったい、何が起こっているんでしょう」

京之進はいらだったように歯嚙みをした。

大北藩の藩士だと口に出かかったが、喉元で押し返した。京之進たちがへたに騒いで相手に警戒心を与えても拙《まず》いし、それより左源太のことが剣一郎の口を重くしたのだ。

「ともかく、目撃者を探してみます」

京之進は岡っ引きのほうに向かった。

剣一郎は土手に上がった。いつしか陽も傾いてきた。剣一郎の足は両国橋を渡らず、そのまま本所松坂町の裏長屋に向かった。

長屋の路地に入る。稲荷の祠《ほこら》の前で子どもが遊んでいた。

左源太はいなかった。が、見当をつけた場所を数軒当たった。いつも行く『与兵衛』という居酒屋はまだ暖簾が出ていなかったが、一つ目橋を過ぎ、一つ目弁天近くにあるそば屋を覗くと、案の定、左源太が酒を呑んでいた。

剣一郎が顔を出すと、左源太は目を細めて見返した。

「なんだ、おぬしか」

「相変わらずの酒浸りか」

顔をしかめ、左源太が徳利を振った。

「おい、酒だ」

「左源太。話がある。出よう」

「話ならここでしろ」

「だめだ。外だ」

「ちっ」

左源太は仕方なさそうに立ち上がった。

「おやじ。ここに置くぞ」

酒代を置いて、左源太は剣一郎のあとについてきた。

「まぶしいな」

外に出て、左源太は陽光を手で遮った。

「呑んだくれの生活を送っているからだ」

「おい、どこへ連れて行く気だ」

背中で左源太の声がする。

両国橋に向かい、剣一郎は橋の袂《たもと》から川のほうに下りた。垢離《こり》場と言い、水に入って心身の穢《けが》れを洗い流して神仏に祈願する所だ。大山参りなどの講中も出かける前にここでみそぎをする。

今はみそぎをしている者はなく、子どもたちが遊んでいる。

剣一郎は川っぷちに立ち、

「左源太。何を苦しんでいるのだ」

と、問い詰めるように切り出した。

「別に、苦しんではおらん」

「嘘だ。おまえは浴びるように酒を呑んでいる。何かから逃がれようとしているのではないか。何を苦しんでいる。苦悩に押しつぶされそうになっている。話してみろ。楽になる」

一瞬の間を置いて、

「波多野の家から追い出され、浪人となった身を嘆いて自棄《やけ》になっているだけだ」

と、左源太も川岸に立った。

波が足元で音を立てている。

「左源太。国元で何があったのだ？　なぜ、波多野家を追い出された。どんな不都合をしでかしたのだ？」

「忘れた。思い出したくない」

左源太の横顔が暗く沈んでいる。

「俺にも言えないことか」

「心配してくれてありがたいと思っている。だが、これは俺自身の問題なんだ」

「今、大北藩で何か起こっているのではないか。おぬしはその内紛に巻き込まれた。違うか」

「なんのことかわからん」

「薬研堀で侍が喉に傷を受けて死んでいた。そして、さっき御蔵橋の近くの土手下で、やはり喉を斬られた侍の死体が発見された」

左源太が眉根を寄せた。

「おまえの仕業ではないのか」

「なんで俺がやらねばならんのだ」

「おまえが浪人となった理由に絡んでいるのではないか。あの侍はおまえを討つために国元で放った刺客ではないのか」

そうとしか考えられない。左源太が浪人になったのには深いわけがあるのだ。だが、それだけでは一連の事件は説明がつかない。左源太の所に出入りしていた薬売りの男はなぜ、殺されたのか。

そして、肝心なのがあの母子だ。

「お袖、祥吉という母子がいる」

左源太が眉根を寄せた。

「おぬし、このふたりを知っているな」

「知らん」

左源太は頑《かたく》なだった。

「この母子の行方を探していた薬売りの行商の男がいた。この薬売りはおまえのところに現れたはずだ。この男は百本杭に死体となって流れ着いた。この男とはどういう関係なのだ」

返事がない。

「この前、須崎村に何をしに行ったのだ。おまえは弘福寺の近くで呑んでいたと言ったが、そんな形跡はなかったぞ」

左源太が振り向いた。

「剣一郎。十年前が懐かしい」

急に、左源太は話題を変えた。

「真下先生の道場に通っていたころは楽しかった」

「仕官出来て幸せだと思っていたはずだ。違うか」

左源太は口をつぐんだ。

苦しそうな表情だった。いったい、左源太を苦しめているものとは何なのか。

「俺はよく覚えている。波多野どののお目に止まり、婿の話が持ち込まれたとき、おまえは喜んで俺の家に飛んで来たではないか」

十年前、剣一郎はまだ当番方与力だった。真下道場随一の剣の遣い手と言われていた左源太は仕官の道を求めて必死に剣の修行に励んでいた。

仕えていた藩がお取り潰しになり、江戸に出てきたものの、左源太に仕官の道が見つかるわけではなかった。浪人の身ながらそこそこの暮らしが出来たのも多少の蓄えがあったからだ。

だが、それも底をつきかけ、もう道場にも通えないかもしれないと絶望的な状況に陥ったときだ。数人の浪人者に絡まれていた年寄りと若い娘を助けた。そのことが、きっかけで、大北藩供番頭波多野清十朗に見初められたのだ。

供番頭は武官の中で大番頭に次ぐ職であり、供番を支配する。その供番は主君外出の際に随従し、事あるときは主君の前後を警備する役である。波多野清十朗は左源太の腕を買ったのであろう。

波多野清十朗が藩主と共に国元に帰るとき、左源太もそのまま江戸を離れた。

波多野清十朗の娘千賀《ちか》が評判の器量良しであることは左源太の手紙から知った。左源太は幸運に包まれた。

その後、左源太は江戸にやって来ることはなかった。最初の頃に来た手紙でも、左源太の幸福振りは伝わってきた。

いつしか手紙も来なくなり、今年久しぶりに対面した左源太は浪人に身をやつしていたのだ。

左源太は血気に逸《はや》る人間ではない。些細なことから朋輩と喧嘩をしたりするような人間ではない。それに浪人の苦労が身に沁みているから、どんな苦労をもいとわないはずだ。だから、左源太が波多野家の縁を切られるという理由がわからないのだ。

「千賀どのに会いたくないのか。子どもに会いたくないのか」

左源太は妻女の千賀どのを恋しく思っているはずだ。子どもをいとおしく思っているはずだ。

左源太から返事はないが、その目つきからわかる。

「この前、波多野家に戻れる手立てがあるとか言っていたな。どうなのだ？」

「ある」

「そうか。じゃあ、まだ救いはあるわけだ」

返事がない。

「どうした?」

「いや」

「波多野家に戻りたいのだろう」

「戻りたい」

ぽつりと答えた。

「じゃあ、呑んだくれていないで戻れるように努力せよ」

「剣一郎。武士とは何だ?　藩とは何だ?」

左源太の顔は苦痛に歪んでいる。

やはり、左源太は何かに悩んでいる。そう思ったとき、刺客の意味を取り違えているかもしれないと思った。

最初は浪人となった左源太を追って来た討手ではないかと思ったが、そうではない。逆ではないのか。

「左源太。おぬしはひょっとして何か密命を帯びて江戸にやって来たのではないのか」

波多野家から離縁され、脱藩という形で江戸にやって来たのだとしたら、左源太の使命は秘密を帯びたものに違いない。

「左源太。まさか、おぬしの使命はお袖と祥吉という子の……」

暗殺という言葉は口に出せなかった。

「剣一郎。俺に密命など下るわけはない」

厳しい表情で左源太は言ったが、その目に悲しみの色が浮かんでいた。

「祥吉とは何者なのだ？」

左源太はふいに背中を見せた。

「また会おう」

「待て。暗殺の密命が出るとは、まさか祥吉は……」

左源太の足が止まった。

しかし、すぐ足早に去って行った。

「左源太」

剣一郎の呼びかけを無視し、左源太は土手を駆け上がって行った。

今とっさに思い浮かんだことを、剣一郎は考えていた。

四

酒を呑まずにはいられなかった。丼に酒を注ぎ、いっきに呑みほす。しかし、いくら呑んでも胸に漂う虚しさが消えることはなかった。

（千賀）

左源太は遠い東北の地にいる妻の名を呼んだ。

波多野清十朗に声をかけられ、思いがけない話を聞かされた。婿にならないかというものだ。

仕官出来る。それだけで十分だった。波多野清十朗の娘がどんな醜女《しこめ》であろうが、左源太は仕官出来るのなら我慢出来ると思った。

そして、国元に行き、はじめて千賀と対面したとき、左源太は目を疑った。美しい女だった。切れ長の目にほのかに漂う色香。微笑むような口許。色白の顔に朱を射して、恥じらう初々しさ。

夢かと思うほどであった。

江戸に発つ前の夜、涙をこらえていた千賀の顔が脳裏に焼きついている。娘もまだ八歳だ。

使命を果たさなければ、帰還は許されないだろう。妻子とも再び会うことは叶《かな》わない。

左源太は義父波多野清十朗から切り出されたときのことを蘇らせた。

「左源太。御家のためだ。必ず、お役目を果たすように」

義父が左源太の手をとって言った。

密命は、お袖と祥吉母子の命を奪うことだ。そのために、不届きのゆえに離縁という形で、左源太は大北藩を離れたのだ。

つまり、お袖と祥吉母子の命を奪うのは大北藩と無関係な浪人者でなければならないということだ。

江戸に出た左源太は葛西村に向かった。だが、お袖親子はすでに行方を晦《くら》ましていた。それからは国元からの隠密がふたりの行方を探している。

「おやじ、酒だ」

左源太は叫ぶ。

「もうだいぶ呑んでおりますよ」

眉をひそめ、小柄な親父が徳利を持って来た。

それを奪うようにとり、丼に空ける。

(俺には子どもは斬れん)

そう心で叫ぶや、すぐに千賀の顔が蘇るのだ。

祥吉を殺さねば、国に戻れない。だが、十二歳の子どもの命を奪うという自分の任務に疑問を感じている。

左源太は丼を乱暴に口に持っていった。口から酒がこぼれる。ますますやり切れなくなるだけだ。

「親父、ここにおくぞ」

銭を置き、左源太はふらふらっと立ち上がった。

河岸に出る。月が雲間に隠れた。

左源太がよろけながら歩く。

いっそこのまま何もかも捨てて逃げようか。浪人の辛《つら》さは身に沁みている。だが、他に何が出来るのか。

(千賀)

またも、妻の顔が過《よぎ》る。妻の豊かな乳房や柔肌のぬくもりが恋しい。

左源太は二の橋を渡り、常磐町に入る。

手拭いを頬被りした男が横合いから出て来て、左源太の横に並んだ。

「何をぐずぐずしておるのだ。国元から何度も催促がきている」

薬売りに化けていた男の仲間の隠密だ。

「心配するな。それより、敵の目がどこに張りついているかわからん。そっちも気をつけろ」

「わかっている。いいな、近いうちに必ずやるんだ。波多野さまもいらだっているようだぞ」

そう言ってから、すっと男は離れ、森下町の方に去って行った。

胸が抉《えぐ》られるような激しい痛みが走り、左源太はしばらく立ちすくんでいた。

それから四半刻（三十分）後、左源太は娼家のおときという娼妓の部屋にいた。

おときの細身の体は千賀を思い起こす。体の割りには大きな乳房をまさぐりながら、左源太は覚えず、千賀と呟《つぶや》いた。

いつも呑んだくれてはやって来るので左源太の男が役に立たず、ただおときの体に触れているだけだ。それで十分なのだ。

「左源太さん。千賀ってどなた？」

おときが左源太の顔を上から覗き込んできく。

「そんな女、知らん」

「嘘。ときたま、うわ言のように、千賀、千賀って呼んでいるくせに」

左源太は黙った。

「千賀って女がうらやましい。こんなに思われていてさ」

不貞腐《ふてくさ》れたように、おときが左源太の胸をなでた。

「おとき、俺とどこかへ逃げようか」

天井の黒い染みを見つめながら、左源太が呟く。

「ほんとう、うれしいわ。でも、いやよ」

「いやか」

「そうじゃない。千賀ってひとはあんたのここに棲《す》みついているんだもの」

おときは左源太の胸を拳で叩いた。

「忘れたい」

「えっ」

「何もかも忘れたい。あたしが忘れたいのだ」

「じゃあ、あたしが忘れさせてあげようか」

だが、おときはすぐに自嘲気味に、

「あたしじゃ無理ね。千賀ってひとには敵《かな》わないわ」

おときは左源太の胸に頬をおしつけた。

千賀は俺のことを思い出してくれているだろうか。恋しがっているだろうか。

急に、他の女の肌に触れていることが疎《うと》ましくなり、おときを突き放すようにしてふとんから起き上がった。

「いつもこうなんだから」

おときの恨みがましい声を背中に聞いて、左源太は身支度をした。

「また、来る」

そう言い残し、左源太は娼家をあとにした。

再び来た道を戻り、二の橋に近づいたとき、ふいに二つの影が行く手を塞《ふさ》いだ。

「なんだ、おまえたちは？　おや、血の匂い」

「おぬしの仲間の血の匂いだ。さっき、斬ったばかりだからな」

「なに」

ふたりとも若い。ひとりは大柄で、もうひとりはがっしりした体格の侍だ。

「おぬしたちも刺客なのか」

左源太は鯉口を切った。

「波多野左源太。おぬしに遺恨はない。が、役儀により命を頂戴する」

ふたりが同時に抜刀した。

「無益な殺生だ」

「問答無用」

大柄のほうが上段から斬り掛かって来た。左源太は足を前後に開き、腰を落として剣を抜いた。

剣と剣がぶつかり火花が散った。

「おぬしたちには家族がいるのか?」

相手の剣を弾き返して左源太は叫ぶ。

「死んで泣く人間がいるのかきいているのだ」

再び、上段から斬り掛かるのを横から払い、続けてもうひとりの剣が襲い掛かるのを飛び退いて避けた。

「答えんのか。ならば、容赦はせぬぞ」

左源太が八相に構えたとき、突然悲鳴が上がった。

通りがかりの女が白刃を構えている侍を見て腰を抜かしたらしい。

ふたりはさっと剣を引き、身を翻して去って行った。

あの母子を殺さない限り、俺に対する刺客がやって来る。心ならずも、もうふたりを殺している。いつまで、このようなことが続くのだ。

十三夜の月が皓々《こうこう》と輝いている。酔いが醒め、ますます疼《うず》くような胸の痛みを抱えながら、左源太は二の橋を渡って長屋に向かった。

五

翌日の朝、剣一郎が目覚めて厠に立った帰り、ふと裏庭の薄《すすき》に覚えず立ち止まっていると、勘助の騒ぐ声が聞こえて来た。どうやら、剣一郎を探しているらしい。

「勘助。こっちだ」

「あっ、旦那さま」

勘助が小走りでやって来た。

「どうした、騒々しいではないか」

「文七がやって来ました」

「よし。すぐ行く」

剣一郎が廊下を渡り、内庭に続く縁側に行くと、文七が待っていて、その傍らにほっかむりをした男が腰を曲げて佇んでいた。

「このひとは数日に一度、肥桶を担いで下肥をとりにくる葛西村のお百姓さんです。葛西からは伝馬船で江戸にやって来るのを思い出し、その船に乗っていたお百姓さんに話をしたところ、このひとから反応があったんです」

男がほっかむりをとった。

「旦那さまにお話を」

「へい」

男が近づいてきた。

「あっしは東葛西の笹ケ崎《ささがさき》村の者でごぜえます」

膝をぽんと叩いてしゃがんで、剣一郎は話を聞く体勢になった。

「じつは、あっしの伜《せがれ》の幼馴染みが突然母親と共に村からいなくなっちまったんでございます」

「なに、母子だと」

「へえ。もうふた月近くなりますが、伜に引っ越すからと言ったまま、次の日にはもういなくなっていました。きのう文七さんに声をかけられ、向島のほうに母子が隠れていると聞きやした」

「その母子の名は？」

「はい。お袖さんと祥吉です」

「そうか。確かに、母子はお袖と祥吉と名乗っている」

「じゃあ、やっぱし、そうだったんですね。少しは安心しました」

「何か心配ごとでもあったのか」

「はい。ふたりがいなくなったあと、妙な連中がふたりを探していたんです。だから、伜も心配しておりました」

「祥吉に父親はいるのか」

「いえ、おりませぬ。お袖さんも何も言いません。ただ、お侍さまらしいという噂です。一時、江戸へ出て、武家奉公をしていたそうでございますから。それも、祥吉の顔だちにどこか気品がありましたからきっと身分の高い御方のお子だろうと村人は話しておりました。ときどきその御方から仕送りを受けていたようでございますから」

「仕送りを受けていた？」

「はい」

ふと、剣一郎はあることを確かめてみた。

「十三、四年前。大北藩の殿さまがあの辺りを通り掛かったことはなかっただろうか」

「大北藩でございますか。名前までは覚えておりませんが、どこかのお大名の殿さまが遠乗りの帰りに村に立ち寄られたことがあったそうです」

「なるほど」

剣一郎は自分の考えが間違っていないと思った。

「ご苦労だった」

百姓に言い、剣一郎は若党の勘助を呼び、何か土産を持たせてやるように命じ、それから文七と向かい合った。

「文七、よくやった。これで、だいぶ絵解きが出来たぜ」

だが、剣一郎は重たい気持ちになった。

祥吉なる子どもは大北藩主のご落胤《らくいん》であろう。このご落胤をめぐって大北藩に二つの派が生じたのだ。

つまり、あの母子を狙う一派とそれを阻止しようとする一派だ。むろん、大北藩の国元から遣わされている連中なのに違いない。

それにしても解せないのは、なぜ母子を安全な場所に移さないのか。考えられることは、あの母子を囮《おとり》にしているということだ。

だとすれば祥吉になりすましているのが中井大助だということも説明がつく。囮という危険な役目を大助はやらされているのだ。

しかし、敵を誘《おび》き出し、殲滅《せんめつ》させることを目的としているのなら、なぜあの母子は何度も隠れ家を変えているのか。

そして、左源太はどちらの派に属しているのか。左源太の苦悩を思い出し、剣一郎は左源太の密命に気づき、たちまち暗い気持ちになった。

その日、奉行所に行くと同心詰所に寄り、京之進がやって来たら知らせてくれるように頼んで、自分の詰所に入った。

京之進がやって来たのは、その日の午後だった。

剣一郎の顔を見るなり、京之進のほうから先に口を開いた。

「青柳さま、また町人の格好をした侍が殺されました。北森下町の空地です」

「なんと。身元は？」

「わかりません」

剣一郎は御蔵橋の近くで殺されていた侍の身元についてきいてみた。

「いえ。まだわからないのです」

京之進は渋い顔で答えた。

「皆、身元がわからんのだな」

「江戸の者ではありませんね」

「うむ」

剣一郎は迷いながら、

「身元調べに、各藩邸には問い合わせをしたのだな」

と、確かめた。

「はい。どこも否定しております」

「大北藩にも問い合わせを？」

「大北藩ですか」

京之進は表情を変えたが、

「はい。そこも知らないとの答えでした」

やはり、大北藩も知らぬ存ぜぬで通すことであろうと、剣一郎は思った。

「青柳さま。大北藩に何かあるのでございますか」

京之進の顔つきが真剣なものになったので、剣一郎は逆に訊ねた。

「大北藩に何かあるのか」

「いえ。ただ、この前、野次馬の中に大北藩の侍がいたものですから」

「大北藩だとどうしてわかったのだ？」

「あのとき、じっとこっちを見ていた若い侍がいたので、小者にあとをつけさせました。その侍は大北藩の上屋敷に入って行ったということです」

　あのとき左源太に気をとられていて気がまわらなかったが、そう言われてみれば、若い侍が野次馬の中にいたようだ。

「どんな侍だ？」

「浅黄のようで」

「勤番者か」

「はい。あの侍が被害者を知っていたのかどうかはわかりません。なにしろ、大北藩は知らないという返答でしたから」

「その勤番者の顔を覚えているか」

「はい。鼻の横に黒子《ほくろ》がありました。まだ二十歳ぐらいの若者です」

　鼻の横に黒子があると言えば……。剣之助から聞いた松中宗助という勤番侍の特徴に似ていた。

「青柳さま。大北藩に何かあるのでしょうか」

「まだはっきりせぬので言えないが、おそらく殺された侍は大北藩藩士であろう。それも、国元の藩士だ」

　剣一郎は断言した。

「京之進。いずれにしろ、殺された侍たちは江戸の者でない。ということは、どこぞに塒《ねぐら》があるはず。まさか、上屋敷に出入りしているとは思えない」

「旅籠には泊まっておりません。あとは、どこぞの荒れ寺にでも泊り込んでいるのか」

「下屋敷の可能性もある」

「下屋敷？」

「確か、大北藩の下屋敷は深川《ふかがわ》の小名木《おなぎ》川沿いにあるはず」

「わかりました。そこを見張ってみましょう」

京之進は勇躍して去って行った。

剣一郎がきょうは例繰方の部屋に行くと、若い与力がやって来て、宇野清左衛門が呼んでいると言ってきた。

剣一郎はすぐに年番方の部屋に行った。

「おう、青柳どのか。こちらへ」

宇野清左衛門が招いた。

剣一郎が近くに腰を下ろすと、清左衛門は急に声を落とし、

「大北藩の御留守居の脇田助左衛門どのからおぬしに招待がかかっておる」

「私にですか」

「この前の礼と、それに何か内密できききたいことがあるそうだ」

こっちがどこまで知っているのか探ろうとしているのか。だが、好都合だ。こちらも確かめたいことは多々ある。

「いつでしょうか」

「今夜だそうだ」

「今夜？　それはまた急なことで」

「毎晩他藩の御留守居と酒宴を開いていて、今夜しか空いていないのであろう」

「わかりました。では、そのように返事を」

「いや、もうしてある」

「これは手早い」

「おぬしなら喜んで受けると思ったからな」

剣一郎の意向もきかずにと思ったが、宇野清左衛門は得意気に胸をそらした。

「確かに」

もう一度、脇田助左衛門と会う機会が向こうから舞い込んできたのだ。この機を逃す手はない。

「どのようにすればよろしいのでしょうか」

「駕籠を寄越《よこ》すと言っていたが、それは断った。深川仲町の『如月《きさらぎ》』という料理屋だそうだ」

永代寺門前仲町の『如月』はこぢんまりとした店だが、高級料理屋だ。

「わしも行きたいが、向こうはおぬしひとりでと言うことなのでな」

宇野清左衛門は残念そうに言った。

年番方の詰所を辞したとき、ちょうど公用人の長谷川四郎兵衛とばったり出会った。

「青柳どの。例の件、ちゃんとまつに話してくれたのであろうな」

「話しました。しかし、まつはいやがっておりました。いやがる者を無理強いは出来ません」

「なに」

四郎兵衛は不機嫌そうに顔を歪《ゆが》め、

「おぬしという男はなんたる男だ」

と、いらだって吐き捨てた。

「失礼します」

「待て」

行きかけて、剣一郎は足を止めた。

「おぬし、何やらこそこそ動き回っているようだの」

憎々しげな目で、四郎兵衛は睨む。

「はて、何のことでございましょうか」

「大北藩のことでござるよ。大北藩の御留守居と拙者は昵懇《じっこん》の仲でな。その拙者を差し置いてよけいな真似をしているわけではなかろうな」

絡みつくような言い方に、剣一郎は閉口して、

「いや、そういうわけではございません」

と、言い訳をした。

脇田助左衛門が付け届けを持って来た際には、この長谷川四郎兵衛が受け取るのであり、剣一郎が自分を通り越して勝手な真似をしていることが面白くないのであろうが、脇田助左衛門と会ったことを宇野清左衛門や橋尾左門が言うはずもなく、これは脇田のほうから四郎兵衛に接触を図ってきたなと思った。

「長谷川さま。いったい、そのようなお話をいつお聞きになったのでございましょうか。脇田どのが奉行所にやって来られたのですか、それとも長谷川さまが脇田さまの接待を受けて……」

「だまらっしゃい。そのようなことはどうでもよいこと。ええい、その小面憎《こづらにく》い言い方は何とかならんのか」

ぶすっとした顔で厭味を言い放って、四郎兵衛は去って行った。

その夜、剣一郎はいったん八丁堀に帰宅し、それから勘助ひとりを供に深川に出向いた。仲町にはそぞろ歩きの遊び客が目立った。

ちょうど料理屋の如月に到着したとき、八幡鐘が鳴りはじめた。暮六つ（午後六時）の

鐘だ。

玄関に入ると、すでに話は通じていて、小粋な女将が座敷に案内をしてくれた。

脇田助左衛門はすでに来ていた。

「いやあ、青柳どの。よう来てくだされた。さあ、どうぞ、そちらへ」

如才なく、上座を勧める。

遠慮したものの強いての勧めに、剣一郎は上座に座った。

狭い座敷だが、床の間の掛け軸や花瓶も上物が使われている。

「きょうはお招きに与かりまして」

「こちらこそ、先日はすっかり御馳走になりました」

「いえ、とんでもありませぬ」

「さあ、硬い話は抜きじゃ。女将、酒だ」

すっかりくつろいだように、助左衛門は相好を崩した。

「青柳どのは浄瑠璃《じょうるり》をやられるのだ」

助左衛門は女将に話す。

「まあ、さようでございますか。ぜひ、お聞かせ願います」

「いえ、とうてい人前で披露出来るようなものじゃありません」

「なんのなんの。いい喉をしておられる」

「脇田どのほどではございません」

酒が運ばれてきて、さらに座は砕けた。

やはり武士と酒席を共にしているという感じはなく、まるで芸人と呑んでいるような気さえしてくる。

だが、ときおり、脇田の目が鈍く光るのを見逃してはいない。やはり、脇田はただ者ではないと、改めて警戒心を抱いた。

「さあ、脇田どの」

剣一郎もわざと砕けた調子で酒を注ぐ。

脇田が女将に目配せした。座を外せ、という意味だろう。

女将が静かに部屋を出て行ったあと、脇田がきいた。

「青柳どのは風烈廻り方と例繰方を兼務なさっておられるようですな」

「そうです」

やはり、脇田は長谷川四郎兵衛を呼出し、剣一郎のことをいろいろ聞き出したに違いない。

「すると、先日お話ししていた諸々のことを調べる役目ではないということでござるな」

「ご承知のように我ら与力、同心は限られた人数でお役目を果たさねばならず、たとえ役目以外のことであっても協力するのが当然でございますゆえ」

「なるほど」

脇田は感心したように何度も頷く。わざとらしい態度だ。

「青柳どのは大北藩に何かあるようなことを仰っておいでてでしたが、その後何かわかりましたかな」

顔を綻ばせているが、脇田の目は鋭い。

「はい、いろいろと」

剣一郎も笑みをたたえながら答える。

「ほう、私が知らないこともあるかもしれませぬゆえ、教えていただけますまいか」

「そうですな」

剣一郎は焦らした。

三味の音と嬌声が開けた障子から入ってくる。

「青柳どの。ぜひ」

「ただ、まだ調べている最中。証拠もないことですので」

「いや、お恥ずかしい話ですが、私の知らないところで我が藩で何かが起こっているとすると私の立場もなくなる。是が非でも、教えていただきたい」

脇田は鋭く迫った。

「はあ、そこまで仰られるのなら」

剣一郎も、脇田から聞き出すためにはこっちの持っている材料をさらけ出したほうがいいと思った。

「それでは、酒の余興として、ここだけの話ということで聞いていただけましょうか」

「よかろう」

脇田は鷹揚に言ったが、攻撃に備えるかのように身構えた。

「今から十三年前、藩主高久《たかひさ》公は遠乗りに出かけた際、葛西村にて休息。そのとき、ある百姓家のお袖という娘を目にとめられました。それが縁で、お袖は上屋敷に女中奉公に上がったということです」

脇田の表情から笑みが消えた。

「そのお袖が懐妊。ですが、百姓の娘を側妻にすることが出来ず、お袖に暇《ひま》をとらせた。その後、お袖は男の子を産み、祥吉と名付けたのです。おそらく、高久公はその子に小刀か何か、親子の印となるものを持たせたのではないかと推察しております」

他の座敷からの嬌声がさらに大きくなった。その喧騒はこの場の重たい空気をさらに重くした。

「このことは藩でも一部の人間しか知らなかったはず。ところが、大きな問題が発生した。お世継ぎです。現若君を推す者と祥吉を担ぎ出そうとする者とが対立している。そう考えたのですが、いかがでありましょうか」

「なるほど。面白い話でござるな。だが、我が藩では世継ぎは決まっておる。そのような争いはない」

脇田助左衛門は否定した。

「それに、我が殿はまだお元気であらせられ、跡継ぎ云々の話題は何もない。いささか、青柳どのの勇み足のようだが」

「そうでございましょうか」

剣一郎は切り返す。

「中井十右衛門の一子大助十二歳。この者が病気と称して藩邸から姿を消しています。ところが、その子は祥吉の身代わりとなって、お袖と共に向島近辺に隠れ住んでおります」

脇田の顔が強張りを見せはじめた。

「祥吉を襲う一派と、それを死守せんとする一派が、今江戸で争っている。その犠牲になったのが、薬研堀と御蔵橋付近で殺された侍。そして、百本杭に斬られて流れついた薬売りの男。さらに、北森下町の空地でも……」

「青柳どの」

脇田が鋭い声を放った。

「我が殿はお世継ぎ問題で藩内が二分するような事態は日頃から避けようと心を砕いてこられた。そのような問題が発生するはずはない。したがって、その祥吉とやらが何者かに襲われたのだとしたら、それはお世継ぎ問題とは別の理由からであり、我が藩とはまったく関係ないものと存ずるがいかがかな」

「なるほど。脇田さまの仰ることにも一理あります。では、祥吉なる者が高久公の落とし胤であることは間違いないのでしょうか」

「いや。その話も何か誤解があるようだ。確かに、我が殿は昔、遠乗りの際に葛西村の百姓家に立ち寄ったことがござる。それがきっかけで、お袖が奉公に上がるようになったかもしれないが、お袖が身籠もったのは藩中のある者との過ちの末」

「ほう、その者とは？」

「中井十右衛門でござる」

「中井十右衛門どの？」

「さよう。江戸定府の中井十右衛門がお袖にちょっかいを出したのだ。そのことは中井十右衛門に聞けばわかるはず」

　剣一郎は考え込んだ。

　脇田助左衛門に言いくるめられたわけではない。最初から脇田の言葉には真実がないと見抜いていた。ただ、言い逃れの言葉の中にも事実が隠されている。その一つが、中井十右衛門のことだ。

　高久公の種を宿したお袖は中井十右衛門の子を身籠もったということで奉公を引き下が

ったのではないか。

それからは、中井十右衛門夫妻がお袖母子の面倒を見ていたのではないか。つまり、中井十右衛門が生活費などを工面していたのだろう。だから、祥吉の身代わりに我が子大助をあてがうことを承諾したのだろう。

「青柳どの。わかっていただけたかな」

押し黙ったので、自分の話を納得したと思ったのか、脇田は余裕を見せた。

「いや。祥吉が中井十右衛門の子ならば、命を狙われるようなことはないはず。それに、我が子大助を祥吉の身代わりにすることは、中井十右衛門どのの妻女も同意のご様子。夫が他の女に産ませた子のために、我が子を危ない目に遭わせようとする母親がおりましょうか」

剣一郎は静かに反論した。

「十右衛門の妻女はよう出来た女子でな」

「いや。それが出来るのが主君のご落胤だからこそ」

「だまらっしゃい」

脇田のこめかみに青筋が立った。

「そなた、どうしても我が藩を貶《おとし》めようとしているのか。これ以上、あることないこと言うなら、長谷川どのに頼んでおぬしを……」

「私をどうなさると言うのですか。与力の職を辞めさせるということでございますか」

「そうだ。長谷川どのはお奉行の懐刀。長谷川どのの進言があれば、お奉行もそなたを切るであろう」

　とうとう脇田は本性を現した。

「そこまで出来ましょうか。長谷川さまがどのように脇田どのに話されたかは存じませぬが、長谷川さまにはそのような力はありませぬ。場合によっては、脇田さまは南町奉行所を相手にすることになりかねませんよ」

「なんだと」

「それとも、私が与力の職を辞すのと引き換えに大北藩を……」

「待て。座興だ。座興」

　急に、脇田が相好を崩した。

「いや、久しぶりに面白い芝居に興じることが出来申した。いや、酒がござらんな」

　脇田が手を叩いた。

　酒が運ばれて来たが、剣一郎は盃を伏せ、

「今宵は十分に頂きました。私はこれにて」

　剣一郎は辞することにした。

「さようか。わしはまだやっていく」

「どうぞ。それでは」

剣一郎は立ち上がった。上目遣いで、脇田は剣一郎が部屋を出て行くのを見ていた。

女将の見送りを受けて、剣一郎は外に出た。

料理屋や水茶屋の軒行灯の灯が両側に仄《ほの》かに明るく、酔った足取りの男たちが行き交う。一の鳥居をくぐると弦歌のさんざめきも遠くになり、いつの間にか勘助が寄り添うように歩いていた。

「退屈だったろう」

「いえ、そうでも」

「目の保養だけじゃもの足らねえだろうな。たまには遊んで来たらどうだ」

娼家のことを口にした。

「とんでもねえ。あっしはそのほうはとんと」

永代橋に差しかかろうとしたとき、黒い影が迫って来た。

「出やがったな。勘助、気をつけろ」

「はい」

料理屋を出たところからつけていた。どこからか先回りして待ち伏せていたのに違いない。相手は二人、いや三人。

覆面をした袴姿の侍だ。

「八丁堀与力青柳剣一郎と知ってのことだな」

相手が抜刀した。

剣一郎も鯉口を切り、柄に手をかけた。

「大北藩の者か」

だっという掛け声と共に上段から踏み込んできたのに、剣一郎は素早く抜刀し横一文字に受け止める。

ぐっと押し返し、剣をねじるようにして相手の剣を巻き付けて払い、隙の出来た脾腹に思い切り刀の峰を返して打ちつけた。

ぐえっと妙な呻き声を上げ、相手は体を折った。

「おのれ」

別の侍が凄まじい気迫で打ちかかって来た。

それを真っ向に受け止め、鍔押しの体勢になってからさっと剣を払い、相手がよろけたところを肩に一撃を加えた。

峰討ちだが、骨の砕ける妙な音がし、男がもがき苦しんだ。

もうひとり、剣一郎はさっきから剣を抜かずにいた中肉中背の男に向かった。

足を前後に開き、男は柄に手をやったまま深く腰を落とした。

「居合か」

剣一郎は正眼に構えた。

相手が間合いを徐々に詰めてくる。剣一郎は前に出た。相手の剣がすくい上げるように流れた。逆袈裟懸けに襲い掛かったのを後ろに飛び退いて間一髪避けるや、相手は返す刀で袈裟懸けに襲ってきた。

剣一郎は一歩踏み込んではしっと剣で受け止めた。素早く敵は押し返し、ぱっと離れ、剣を鞘に納め、再び居合の体勢に入った。

初太刀の速度はさすがに速い。いかに、初太刀を外すか。しかし、初太刀のあとの攻撃も素早い。

男は腰を落とし、柄に手を当てたまま間合いを詰めてきた。

剣一郎は月を背にするように向きを変えた。足元に短い影が射す。相手も向きを直し、間合いを詰める。剣一郎の影の頭の部分。そこに間合いを見た。

剣一郎は相手の足の位置を見定めた。すり足が影の部分に入るのを待った。足が影の一寸前にきた。

剣一郎は足元だけに神経を向けた。さらに迫る。

相手の足が影を踏んだ。その刹那、剣一郎は男の右手に飛んだ。相手が剣を抜いた。切っ先が鼻先を走った。さらに返す刀で袈裟懸けに打ちかかろうとした。が、その前に素早く剣一郎は相手の懐に飛び込み、相手の二の腕に剣を突き出した。

上段に構えたまま、敵は後ろによろけた。剣一郎はさらに踏み込んで相手の剣を払い落とした。

敵は膝を崩した。落ちていた剣を勘助が拾う。

「勘助。さっきのふたりはどうした？」

「逃げて行きました」

「そうか。まあ、いい」

剣一郎は腕を押さえてしゃがんでいる侍に、

「その覆面をとろうとは思わぬ。安心しろ」

覆面を剝げば、舌を嚙み切るかもしれないと用心したのだ。

「その代わり、答えろ。おぬしは大北藩の者だな」

返答がない。

「御留守居役脇田助左衛門どのの命令か」

「違う」

はじめて口を開いた。

「じゃあ、誰だ。誰に頼まれた？」

再び、口を噤んだ。

「いつぞや、須崎村で浪人たちに襲われた。そのとき、樹陰からじっと見つめていた男がいた。そなただな」

男は傷口が痛むのか微かに呻いた。

「よし。行け」

相手は意外そうな顔をした。

「もう行ってよい。早く手当てをすることだ。勘助、刀を返してやれ」

「はい」

勘助が刀を男の前に放った。

「命令者に言え。ばかな殺し合いはやめるようにと」

男は刀をとると、脱兎のごとく闇に向かって逃げ出した。

六

二日間、風が吹き荒れた。野分けだ。やっと風が治まってから、剣之助は大北藩上屋敷の前にやって来ていた。

連子窓に向かい、

「松中さま」

と、呼びかけた。

偏平な顔が現れた。いつかも見た顔だ。

「松中なら出かけておる」

「いつお戻りでしょうか」

「夕方になろう」

「どちらへお出かけかわかりませぬか」

「知らぬ。最近、しょっちゅう遊びに出かけているようだ」

そう言って、偏平な顔が引っ込んだ。

あの松中宗助が遊びに夢中になっているとは思えなかったが、父が言っていたことを思い返せば、松中宗助は向こう両国まで行っているのだ。

すると、きょうも両国に行ったのだろうか。いったい両国に何があるのだろうか。そんなことを考えながら歩いていたが、采女ヶ原に差しかかって辺りをきょろきょろし、風の中に三味に似た音を聞けば、女太夫のお鈴ではないかと心を騒がせながら両国広小路へとやって来た。

見世物小屋の前のひとだかりや水茶屋の店先などに松中宗助の姿を探してみても、心の中ではお鈴の顔を求めていた。

橋は長い。大勢のひとが行き交う。その中に、お鈴の姿を探している。自分より年上で、自分の知っている種類の女とはまったく異質の色香、いや剣之助にはまだわからない艶のようなものを持った女に心を奪われた自分を不思議に思う。

年増の商家の内儀ふうの女や武家の娘が目を過《よぎ》るが、お鈴には行き当たらない。それでも、向こうからやって来る中に若い女がいれば、お鈴ではないかと目を向ける。

ようやく橋を渡り切ろうとしていたときだ。群衆の中からある顔が目に飛び込んできた。反応が遅れたのは意識がお鈴へ向いていたからだ。

やや俯き加減に歩いて来る若い侍。はっと気がついて、剣之助はひとの合間を縫って、その侍のほうに駆け寄った。

「松中さま」

松中宗助はぎょっとしたように立ち止まった。

「剣之助……」

困惑の色を顔に見せた。

「さっきお屋敷に伺ったのです」

通行の邪魔にならないように、欄干のほうに身を寄せた。

「どうして、ここだとわかったんだ？」

探るような言い方だ。

「そのことで、松中さまにおききしたいことがあったのです」

松中宗助は橋の下、そこは垢離場と呼ばれている辺りだが、そこに目をやってから、あ

わてたように、

「ここじゃ、落ち着いて話も出来ん。あっちへ行こう」

と、両国広小路のほうへ向かいかけた。

「待ってください。こちらへ来ていただけますか」

剣之助は引き止め、そのまま向こう両国へ足を向けた。橋を戻ることになる松中宗助は何か不平を言ったが、剣之助はさっさと橋を渡り切り、藤堂和泉守の下屋敷の塀沿いに土手に出た。

観念したように、松中宗助は黙ってついてきた。

が、御蔵橋に近づいてきて、再び松中宗助がいらだったように怒鳴った。

「おい、剣之助。どこへ連れて行く気だ」

剣之助は立ち止まって、

「松中さま。数日前、この土手下でお侍が斬り殺されていました。それを、松中さまは野次馬の中から見ていたそうですね」

半ばはったりだ。父からそう断言するように言われていた。

案の定、松中宗助は飛び上がらんばかりに目を見開き、

「どうして、知っているんだ？」

言い逃れする余裕はなく、松中宗助はそのことをあっさり認めた。

「松中さまはそのお侍さまの顔を見ましたか」

返事がない。

「見たのですね」

返事がないのは否定出来ないからだが、勤番侍の松中宗助は嘘のつけない男なのだ。

「教えてください。その死んでいた侍は大北藩のお方ですね」

少し間を置いて、松中宗助は頷いた。

「国元で何度か見かけたことがある」

「この前、おっしゃっておいででしたね。今、藩中で何かが起こっていると。そのことと、その侍が殺されたことは関係していると思いますか」

「うむ」

渋い顔で、松中宗助は頷き、

「だが、俺には何が起きているのかさっぱりわからん」

「松中さま。お願いがあるのですが」

「なんだ」

用心深そうな目をして、松中宗助は上目遣いに剣之助を見た。

「お屋敷に、腕や肩に怪我をした者が三人いるかどうか調べていただきたいのです」

「怪我だと」

「はい。三人です。どういう方々か、教えていただきたいのです」

「剣之助、何を調べているんだ？」

「中井大助の失踪に関係しているかもしれないのです」

松中宗助は目を剝き、

「おぬし、何者なのだ。なぜ、いろいろなことを知っているのだ」

と、声を荒らげた。

「申し遅れました。私の父は八丁堀与力青柳剣一郎と申します」

「八丁堀だと？」

「はい。父は大北藩で何か起きていると睨《にら》んでおります。これを表沙汰にならないようにひそかに調べているのです」

松中宗助は川を見て、

「そうか、八丁堀与力の息子だったのか」

「私は大助の身を案じているだけです」

しばらく松中宗助は川面に目をやっていた。向かいの神田川から屋形船が大川に繰り出したところだ。

「確かに、我が藩で何か起こっている。だが、俺のような下っ端がしゃしゃり出る問題ではない」

「しかし、父が申すには、ことが表沙汰になれば大北藩にとっては一大事だと。取り返しのつかないことにならないように、早く手を打つ必要があるとのこと」

松中宗助の顔色が変わった。

「わかった。とりあえず、三人の怪我人のことを調べてみる」

「お願いいたします」

「もう引き上げんと」

松中宗助は急いで両国橋に向かった。

橋に近づいたとき、橋の上を女太夫の一行が渡って行く。

あっと剣之助は叫んだ。その声に、松中宗助も橋の上に目をやった。

剣之助は覚えず足早になった。追いかけたいという衝動にかられたのだ。

「やめろ」

松中宗助が叫び、

「そうか。おまえも男だからな」

と、口許に笑みを浮かべた。

その笑みを見て、松中宗助と女太夫を結びつけた。

「松中さまは両国までどのような御用で」

つい咎《とが》めるような口調になった。

「男だと言っても、まだおまえは子どもだ」

「今度の正月で十五になります。もう子どもじゃありません」

剣之助が反発した。

「ついて来い」

松中宗助がいきなり早足で歩き出したので、あわてて剣之助は追う。

橋の袂に垢離場に下りる道があった。松中宗助はずんずん下りて行く。

川っぷちに出て、松中宗助は立ち止まって指を差した。

葦簾張りの小屋がある。

「俺はさっきまであそこにいたんだ」

「えっ？」

ふいを突かれたようにぎょっとした。

「松中さま。あそこに何が？」

「これがおとなの世界だよ」

剣之助は何だかわからない。が、何か触れてはいけないような忌まわしさを覚えたが、避けては通れないような気がした。

「剣之助。おぬし、あの女太夫の若いほうの色香に目が眩んだな」

「いえ、そうじゃありません」

「若いほうの女の顔が脳裏から離れんのだろう」

剣之助は俯いた。

「男なら当然だ」

「はっきり言ってください」

「わかった。じゃあ、はっきり言おう。あの連中は門付けで芸を売るばかりじゃない。女も売る」

松中宗助が卑しげに笑い、

「いつも屋敷にやって来る女太夫に付き添っていた男がいただろう。あの男が、こう言ったんだ。この娘たちと遊びたければ向こう両国の垢離場に来いとな」

「まさか」

「そうさ。あの連中は体も売っているのさ」

「嘘だ。嘘だ。お鈴さんは違う。お鈴さんはそんなことしない」

火が点いたように顔が急激に熱くなった。

「お鈴？　若いほうか。そうか、名前まで知っているのか」

松中宗助は哀れむような目で剣之助を見て、

「あの若いほうはまだそんな真似をしちゃいまい。だが、いずれ、他の女のように男をとるようになるはずだ」

「なんで、そんな真似をしなくちゃならないんですか」

「生きていくためさ。それがあの連中の生きる手立てなのさ」

剣之助は身内がぶるぶると震え出した。お鈴がいろいろな男に弄ばれるのは耐えられない。

「どうした、剣之助。だいじょうぶか」

冷笑を浮かべ、松中宗助が顔を覗き込んできた。

「松中さまは何度も遊びに来ているんですか」

「まだ三度だ。二度目に来たとき、騒ぎを聞きつけて侍の亡骸を見に行ったんだ。そしたら、国元で見かけた記憶があったのでびっくりした」

松中宗助はさっきの話に戻ったが、剣之助の頭の中はお鈴のことで一杯だった。

お鈴をそういう稼業から救いたい。

剣之助はどこで松中宗助と別れたのか覚えていなかった。どこをどうやって帰って来たのかも記憶にない。

気がついたとき、屋敷の冠木門の前に来ていた。

七

奉行所から帰り、着替え終わるのを待って、剣之助が部屋に入って来た。

疲れているのか顔色が冴えず剣之助に元気がなかった。それでも、松中宗助が仏を国元で見かけたと打ち明けたことを話した。

仏は大北藩の国元から来た人間だとは予想がついていたから、野次馬の中の侍が朋輩《ほうばい》ではないかと見当をつけ、さらにその侍の鼻の横に大きな黒子があるというので、さては剣之助の話していた勤番者ではないかと思ったのだが、ただ一つ、そうだとすると疑問があった。

それは、なぜ松中宗助がたったひとりで現場に来合わせたのかということだった。剣一郎はその点を訊ねた。すると、剣之助は少し間を置いてから、

「向こう両国で、娘義太夫の小屋が掛けられていて、それを見物に行ったそうです」

と、答えた。

間を置いただけでなく、剣之助は困ったような顔をしたのだ。なぜ、松中宗助のことで、そのような困った顔をしたのだろうか。

夕餉のときも、剣之助は食欲もなく、ときたま苦しげなため息を吐いていた。大助を心

配しているだけではない。やはり、女のことで何かあったか。

寝間に入ったとき、剣一郎は多恵にきいた。

「剣之助の様子がおかしい。何かあったのかな」

すると、多恵も細い眉を寄せた。

「食べ物が喉に通らないようです。おそらく恋煩《わずら》いでしょう」

「恋煩いって、なんとかという娘とのことか」

「どうも、そうではないようですね」

「違うと言うのか」

「はい。じつは先日、それとなく、るいにその娘さんとのことを聞いたのです。そしたら、しばらく会っていないようだとの返事でした」

「るいが偽りを言うとは思えん。それはほんとうなのだろう。じゃあ、剣之助の心を惑わす女とは誰なのだろう」

剣之助はもう女を知っているのだろうか。いや、まだ知らないのではないか。まつに頼んで、剣之助を男にしてもらおうか。いや、まつはその役目を妹分の小吉に任せようとしている。その理由というのが……。

「何をにやにやしているのですか」

多恵が真顔できいた。

「えっ。いや、そうじゃない。ただ」

剣一郎はしどろもどろになった。

「そのあわてよう。まるで、他の女子のことを思っていたところのように思えますよ」

なんという勘の鋭さだと、剣一郎は畏怖さえ覚えた。

「何を言うか。俺にはそなたしかいない」

剣一郎は怒ったように言った。


翌朝、髪結いが引き上げたあとに文七がやって来た。

「ごくろう。どうだ？」

「やっと見つけました。ふたりは大畑村におりました。小さな庵があります。そこにおりやした」

「そうか。さて、どうするか」

剣一郎は腕組みをした。

自分が大助であることを認めはしまい。祥吉の討手を誘き寄せるための囮《おとり》だとしても、その役目を忠実に果たそうとする意志は固いはずだ。

このまま手を拱《こまね》いては、大助の身は危険に晒《さら》される。かといって、助けに入ることは大助の意に沿わぬことだろう。

文七が引き上げたあと、剣之助に来客があった。あいにく、剣之助は塾に出かけたばかりであり、出直してもらおうとしたとき、来客が松中宗助だと聞き、剣一郎は急いで出て行った。

玄関横に遠慮そうに立っている若い武士がいた。

「お待たせしました。あいにく剣之助は外出しております」

なるほど、鼻の横に大きな黒子がある。

「私は剣之助の父親でござる。お手前には剣之助が何かとお世話になっている様子。かたじけなく存じております」

「とんでもございません」

松中宗助は大仰に手を横に振り、

「剣之助どのから頼まれたことをお伝えに来ました」

と、あわてて言う。

「それは、私が剣之助に頼んで松中どのにお尋ねしたこと」

「はい。そのことですが、藩の医師に尋ねましたところ、屋敷に肩や手首に怪我を負ったものが三名おりました。そのうちのひとりがわかりました。居合の達人で、田中庄次郎《たなかしょうじろう》。供番頭中井十右衛門さまの部下でございます」

「なに、中井どのの部下」

一瞬、剣一郎は混乱した。

「中井どのと御留守居の脇田どのとの仲は？」

「さあ、仲は悪くありませぬが、それほど緊密だとは聞いておりません」

すると、脇田の意向を受けた中井が刺客を放ったのではなく、中井の一存によるものだろうか。

それにしても、なぜ中井十右衛門が……。

「それでは私は失礼いたします」

松中宗助がお辞儀をした。

「助かった。礼を言うぞ」

「はい」

松中宗助は笑って踵を返した。

ふと、剣一郎は思いつくことがあり、

「お待ちなされ。そこまで一緒に」

剣一郎は勘助に履物を用意させた。

戸惑う松中宗助と共に門を出てから、

「ちょっとお尋ねしたいことがある」

と、剣一郎は小声で囁いた。

医者良沢の家から患者らしい痩せた男が出て来た。多恵の考えで、与えられた三百坪の半分の敷地を良沢に貸している。医者に貸すことにしたのはいざというときに便利であったからだ。良沢は名医と評判であり、かなり繁盛している。

ぶらぶらと松中宗助と並んで歩き出したが、さてどう切り出すか、剣一郎は迷った。

「剣之助どののことでございますか」

相手からそう言われたので、剣一郎はあわてた。

どこか垢抜けず、野暮ったい印象だったが、その勘の鋭さに驚いた。しかし別の見方からすれば、それほど剣之助には松中宗助から見ても危うい何かがあるということではないか。そう思うと、たちまち胸に不安が萌した。

「何か剣之助に災いが？」

「いえ、そうではありませぬ。私がこんなことを申したと剣之助どのには内密に願えますでしょうか」

「もちろん」

黙っていられるかどうか、内容を聞いてみなければわからないが、とりあえずそう言うしかなかった。

「じつは、私と剣之助どのが知り合ったきっかけは女太夫でした」

「女太夫？」

剣一郎の胸に驚きが走ったのは一瞬で、次に別の意味での驚きがあった。それはまるで自分の昔を見ているようだったからだ。

元服したての頃のことだ。剣一郎も女太夫に心を奪われた経験がある。笠の内に覗く細い顔。形のよい顎にきりりと結んだ紅色の笠の緒。白粉の匂いと共に強烈な衝撃を受けたことを覚えている。

おとなへの第一歩なのかもしれない。いや、性への憧れだったか。

剣之助が虜になったのはお鈴という女太夫だと、松中宗助は言った。そして、女太夫が門付け芸の他に春をひさぐということを知って、剣之助の様子が変わったのだという。

「よく話してくれました。改めて礼を言います」

「いえ。私がよけいなことを言ったのがいけなかったのかもしれません」

松中宗助は自分を責めた。

「いや。真の姿を知ることは剣之助のためにもよいことです。ところで、あなたはいつから江戸に?」

「去年の春に殿のお供で江戸に参りました。今年の春、殿はお帰りなさいましたが、私は江戸詰で再来年殿がお帰りになるときお供をして国へ帰る予定です」

「つかぬことをお尋ねするが、波多野左源太という者を知ってはいまいか」

「お噂だけ。藩でも一、二を争う剣客だとか」

それ以上はきいても無駄であろう。左源太が離縁されたのは今年であり、松中宗助が江戸に来たのは去年のことだ。

川の手前まで見送って、松中宗助と別れたあと、剣一郎は急いで屋敷に引き返し、出仕の支度をはじめた。

第四章　絶命剣

一

徳利《とっくり》を摑《つか》もうとすると、手拭いを頭に載せた行商の男がふいに現れ、その徳利をずらした。

「外へ」

抑えた太い声で言い、行商の男は素早く店を出て行った。

左源太は身内が凍りつくような重たい気持ちになった。この男は新たに国元から送られてきた隠密に違いない。すでに、ふたりが殺されている。薬売りに身を変えていた男たちだ。

お袖と祥吉が僧侶に連れられて葛西から消えたと聞いて、あの男らは走り回った。そして、いくつかの情報を得てきた。

あの男たちにも国には家族がいたのだ。このような役目で江戸に出て不慮の死を遂げても、藩では亡骸《なきがら》を引き取ろうとしない。

新たに現れた男も同じだ。殺されても亡骸が家族に引き取られることはないだろう。藩はその者たちの家族の面倒を見てくれるのだろうか。

酔いが一遍に醒《さ》める思いで、左源太は大儀そうに立ち上がり、勘定を飯台に置いて外に出た。

雲の裂け目から薄陽が射している。左源太は竪川の川っぷちに立った。いくら酒を呑んでも心の憂《うれ》いを消すことは出来ない。それでも、呑まずにいられない。このままでは体を壊すだろうと自分でも思っている。

いや、壊すために呑んでいるのか。自分でもわからない。

しばらく経って、荷物を背負った男が背後を通りかかった。さっきの男だ。少し行き過ぎてから立ち止まり、荷を直すようにしゃがむ。横目で見て、左源太は感心した。どこからどう見ても商人だ。さすが、徒目付《かちめつけ》の手練《てだれ》だ。

「昼間から酒びたりで、いざっていうときに大丈夫なのか」

荷を直すふりをして、男が小声できく。

「心配ない」

左源太は川に目を向けたまま答える。

「波多野さまが何をぐずぐずしておるのかとお怒りだ。千賀どのは毎日泣いておるそうな。早く役目を果たして戻るようにとのお言葉」

「千賀……」

左源太は胸の底から込み上げてくるものがあった。

「世間の目を欺《あざむ》くためかもしれぬが、酒はほどほどにせぬと、いざというときに満足に働けまい。よろしいか、今月中に吉報を待つとの波多野さまのお言づけ」

今月中といえば、あと十日。

「それまでに事が成就《じょうじゅ》しなければ、新たな刺客を送ると話しておられた」

「なんと」

それは左源太の役目の失敗を意味し、二度と帰参が叶《かな》わぬことになる。

「なんとしても月内に始末をつけようぞ」

「わかった」

左源太は答えてから、

「で、見つかったのか」

と、少し緊張してきく。あの母子のことだ。

「いや。まだだ」

「まだ?」

「須崎村からの足取りがさっぱりだ」

男は今度は草鞋の紐《ひも》を直しながら答えた。

「大谷《おおたに》一派がどこぞに隠したのか」

と、きいた。

大谷一派とは藩主の相談役である年寄の大谷新左衛門《しんざえもん》に連なる一派だ。大北藩には二つの派閥が出来ていて、もう一つが筆頭家老の小出為右衛門《こいでためえもん》の一派である。

今藩政の実権を握っているのは家老の小出為右衛門であるが、年寄の大谷新左衛門とは何かと対立している。

「それが妙なのだ」

「妙とは？」

「大谷一派も、あの母子を探しているようだ」

「どういうことだ？」

「わからん。まるで、母子は我々だけでなく、大谷一派からも逃げているようだ」

左源太も考え込んだ。なぜ、味方であるはずの大谷一派から逃げるのか。

「大谷一派はあの母子を藩邸に隠してしまう可能性もある」

「藩邸に？」

「下屋敷だ。綾《あや》の方がいる」

綾の方は藩主の側室だ。綾の方は大谷新左衛門と通じているようだ。

しかし、そこまではしないだろうと、左源太は思った。そんなことをすれば、祥吉が殿のご落胤であることが藩内に広まってしまう。そうなればますます藩内の対立を複雑なものにしてしまう。

「じゃあ、二、三日中にまた来る」

男が荷を背負い直して去って行った。

左源太はしばらくそこに佇んでいた。

刺客。それが左源太の任務だ。こともあろうに、相手は子どもだ。が、ただの子どもではない。

左源太は義父から切り出されたときのことを蘇らせた。

あれは四か月ほど前の初夏の頃。城から戻って来た義父は大事な話があると別間に左源太を呼びつけた。いつにない緊張した面持ちに、左源太は不安を覚えて義父と対座した。

「左源太。そなたに重大な密命が下った。これから言うことをよく聞け」

密命と聞き、いきなり刃を目の前に突きつけられたような緊迫感を抱いた。

「我が殿は十三年前、江戸において遠乗りの最中に葛西村のある百姓家に立ち寄られたことがある。そのとき、その家のお袖という娘が気にいり、下屋敷に女中として奉公させたのだ。そのお袖が身籠もった」

義父は険しい顔で続けた。

「百姓の娘だということで正式な側室にすることが出来ず、殿はお袖を実家に帰らせた。

お袖はそこで男の子を産んだ。祥吉という。我が殿は、半年後、その子と浅草の幸龍寺にて極秘に対面された。その折り、形見として脇差とお墨付きを与えられた。このことを知る者は限られておる」

その頃にはすでに嫡男吉松《よしまつ》がおり、今になって後継者問題が起こるとは想像もしていなかったのだという。

「ところが、吉松君は乱暴な性格で、成長するにしたがいますます傲慢《ごうまん》になり、家来の人望がなくなってきた。だが、殿は吉松君を可愛がっており、また奥方さまに頭の上がらぬ殿のこと……。いや、そのようなことはどうでもよい」

義父が声を潜め、

「ここにきて、祥吉君のことが密かに囁《ささや》かれるようになったのだ」

「それはどうしてですか」

「年寄の大谷新左衛門どのがぽつりと漏らしたことが原因だ。大谷どのは祥吉が頭脳明晰《ずのうめいせき》であり、その器量があるならば、その子を取り立てて跡継ぎにしてもいいのではないかと、殿にお話になったそうだ。これを聞いていた者が、あわてて筆頭家老の小出為右衛門さまのお耳に入れた。小出さまは吉松君が跡継ぎになるのが当然と反発。ここにきて、跡継ぎ問題が密かに浮上してきたのだ」

自分に下されるであろう命令が読めてきて、左源太は胸の辺りにきりりとした痛みが走った。

「ゆうべ、わしはご家老に呼ばれ、御家のために祥吉なる子を始末して欲しいと頼まれたのだ」

予期していても、改めて言葉を聞いたとたん、心の臓を抉《えぐ》られるような衝撃が走った。

「祥吉さえいなければ、騒動も起きない。災《わざわ》いの種を未然に摘み取っておく必要があるのだ。左源太、その役目。受けてはくれまいか」

受けてはくれまいかと頼んでいるが、実際には命令と同じだ。

「そなたはわしの婿となったとはゆえ、大北藩ではまだまだよそ者だ。だが、この役目を無事果たさばご家老の覚えもめでたく、藩での立場もよくなるであろう。左源太、やってくれるか」

「はい。もちろんでございます」

そう答えるしかなかった。が、心の中では、十二歳の子どもを斬らねばならないことへの抵抗感が膨らんでいた。

「左源太、このお役目。誠に秘密を要する。そこで、そなたには……」

そこで、義父が厳しい顔で言葉を切った。

左源太は生唾を呑み込んで、義父の細く鋭い目を見つめた。何かとんでもないことを言い出される。そういう不安が萌したのだ。

「この役儀。あくまでも極秘裏に、かつ間違いなく果たさねばならない。なのに、そなたがこのまま黙って藩から消えれば何かと憶測を生む」

真綿でじわじわと締めつけられるような心地だった。

義父は身を乗り出し、

「そなたには藩を辞めてもらわねばならない」

「今、なんと」

左源太は自分の顔から血の気が引くのがわかった。

「まあ、落ち着け」

義父は難しい顔で、

「脱藩と言っても、表向き。お役目を果たせば、すぐに元に戻れる。いや、そのときにはよいお役にもつけよう」

と、なだめた。が、すぐに声を潜めて続けた。

「なれど、表向きにはあくまでそなたが不祥事を起こして藩を辞めたということにしなければならん。もちろん、千賀とも離縁だ。このことを了承して欲しい」

「わかりました。して、千賀には何と？」

「千賀か」

義父は眉根を寄せた。

「千賀には私の役目をちゃんとお話なされるのでありましょうね」

「左源太。千賀をも騙さねばならぬ」

左源太は絶句した。

「辛《つら》かろう。だが、これも御家のため。千賀とて武家の娘。どんな事態になろうとも、決して取り乱したりはせぬ」

左源太は膝に置いた手を握りしめた。

まったく理不尽な役目だと、左源太は叫びたかった。まず、狙う相手がれっきとした武士ならいざ知らず、十二歳の子どもだ。その子どもの暗殺のために、自ら不祥事を起こしたために離縁され、脱藩という体裁《ていさい》を繕《つくろ》うのだという。ただ繕うだけならいい、千賀までも騙さなければならないのだ。

それから、数日後。左源太は城下の料理屋で酒に酔ってご家老の倅と喧嘩になり、店の中を目茶苦茶にし、俺は波多野左源太だと喚《わめ》いて平然と去って行った。この騒ぎはたちまち家老にも知れ、左源太に謹慎処分が出た。

が、左源太は納得せずに不満を周囲にぶちまけ、さらに顰蹙《ひんしゆく》を買った。千賀までが左源太の行動に驚愕し悲しみの色に包まれた。

ある日、酔っぱらって帰ると、義父から呼ばれた。

「なんたるざま。もうおまえなど我が家に不要だ。出て行ってもらおうか」

千賀の面前で、義父が左源太を罵った。

顔面蒼白になって打ち震えている千賀を見るに忍びがたかった。芝居とはいえ、千賀を泣かすことに胸が抉られるほどの苦痛を味わった。

（千賀……）

「わかりました。こんな理不尽な扱いを受けるのなら出て行きます」

左源太は憤然と立ち上がった。

こうして、左源太は大北藩を脱藩し、浪々の身となり、江戸に向かったのだ。懐には当面の生活費として三十両。不足したら、誰かに届けさせるという約束だった。

江戸へ向かう足は重かった。十二歳の子どもを討つ旅である。そのことにひっかかった。なぜ、殺さなければならないのだ。

祥吉暗殺には左源太以外にも数名の隠密が派遣されていた。その者たちは、あくまでも祥吉の居場所を探し出すことと、暗殺の見届け役であった。実際に手を下すのは左源太でしかなかった。

江戸に着き、本所松坂町の裏長屋を借りた。それから左源太も江戸の町を探し回った。その最中に、薬研堀で武士に襲われた。

どこか見たことのある顔は国元の藩士であった。その藩士は国元から祥吉暗殺を阻止するために派遣された、反家老派大谷新左衛門の一味であることは明白であった。

その後、左源太の仲間で、祥吉母子の行方を追っていた薬売りの隠密が百本杭で水死体で発見された。

同じ藩の者同士が、どうして争わねばならないのか。

このままではさらなる犠牲者が出る。早く、祥吉を討ち果たさねばならない。だが、十二歳の子どもの命を奪うという自分の役目に対する疑問は消えなかった。

しかし、それをしなければ妻の元には帰れない。波多野左源太には戻れないのだ。その苦悩は酒で紛らすしかなかった。

二

夕飯をとって自室に引き上げたとき、同心の植村京之進がやって来た。

客間に通そうとしたが、すぐ出かけるからと、京之進は庭にまわった。

「青柳さま。例の浪人者がわかりました」

縁側に出て来た剣一郎に向かって、京之進が待っていたように告げた。

「ほう、わかったのか」

先日、須崎村で襲ってきた浪人たちのことだ。腕に怪我をした巨軀の浪人ということで岡っ引きを使って探しまわっていたらしい。

「本所の不良御家人の屋敷にたむろをしている食いっぱぐれ浪人でした。ちょっと威《おど》して口を割らせましたが、三十ぐらいの武士に金で雇われて青柳さまを襲ったと言ってました。その武士の名は聞いていません。嘘をついているようではありませんでした」

「やはりな」

おそらくその三十ぐらいの侍というのは大北藩の田中庄次郎であろう。

中井十右衛門が命令しているのだ。浪人者で失敗をしたので、次に田中庄次郎が繰り出して来たというところだろう。

中井十右衛門が剣一郎の何を恐れているのか。それは身代わりのことに違いない。

こうなってはどうしても十右衛門に会わねばならない。

二日後、脇田助左衛門の仲立ちでその十右衛門と会うことが出来た。

中井十右衛門は剣一郎と同じ歳ぐらいか。面長の穏やかな顔つきの男だが、真一文字に結んだ口許は謹厳実直そうな感じだ。

「はじめまして。青柳剣一郎にございます」

中井十右衛門は固い表情で会釈を返した。

「それではわしは席を外す」

脇田助左衛門は気をきかしたわけではなく、剣一郎の頼みを渋々承知しただけだ。

ふたりきりになった。晩秋の陽射しが部屋に入り込んできた。

「田中庄次郎の怪我はどうかな」

中井十右衛門の顔が強張った。

「何のことだ?」

「あなたが承知のはず」

「知らん」

中井十右衛門は厳しい顔で言う。

「ご子息大助どのはなぜ祥吉の身代わりになっているのですか。自分の伜を危ない目に遭わせて、あなたは平気なのですか」

「さっきから何のことを言っているのかわかりません」

「そうですか。じゃあ、大助どのはどこに?」

「ある場所にて病気療養中でございます」

「向島のほうでな。付き添いはお袖という女」

十右衛門から返事がない。

「剣之助が大助どのに会っている。だが、健気《けなげ》じゃないですか、大助ではないと頑なに言い放ったそうです」

十右衛門は口を真一文字に固く結んだ。一切喋るまいとしているようだ。

「あなたはご自分の息子を囮にして、刺客を誘き出そうとしているのですか。それとも別に目的が？」

十右衛門は口を閉ざしたままだ。

ふうと、剣一郎はわざとらしく大きくため息をついた。

「武士とは厄介なものですな。いや、非情なものだ。主君のためには我が子の命を差し出すことも厭わせぬのですからな」

剣一郎は今度は挑発した。

「親のために子が犠牲になる。我が子を危険に晒して平然としていられる親はおりますまい。それをさせる殿さまというのもろくでもねえ人間だ。そんな殿さまじゃ、藩は持つまい」

剣一郎は最後は伝法に言い放った。

「我が殿を侮辱《ぶじょく》するとは許せん」

さすがに藩主を罵《ののし》られ、十右衛門はかっとなったようだ。

「おや。せっしゃは何も貴藩のことを言ったわけではない。それとも、何ですか。貴藩の殿さまは家来の子どもを身代わりにさせて平気なお方なのですか」

「青柳どの。言葉が過ぎましょうぞ」

「はて。貴殿は私の言ったことをすべて否定したはず。したがって、私が今話したことは貴藩と何の関わりもないはず。それが、貴殿の殿さまを侮辱したことになるとは解せませんな」

「我が殿はご自分のことより藩を一番に考える御方。家臣を思う気持ちは人一倍」

剣一郎の言葉など聞いていなかったかのように、十右衛門はまくし立てた。

「青柳どの。我が藩中のことに差し出がましい介入はお止めくだされ」

「十右衛門どの。このひと月余りで、武士がふたり、そして薬売りの行商の格好をした男もふたり、斬り殺されております。この男たちも武士と思われる。さらに、葛西村のお袖、祥吉母子が何者かに狙われ、向島の村々を逃げ回っております。この一連の事件に大北藩が何らかの形で絡んでいるのは明白」

十右衛門の顔が紅潮してきた。

「まず、殺された四人はいずれも大北藩の国元からやって来たと思われる。次に、祥吉は……」

「待て」

十右衛門の頬が痙攣《けいれん》したように震えている。

「わかりました。そこまでご存じならば正直に言おう。じつは祥吉という子。私がお袖なる女子に産ませた子だ」

十右衛門は挑むような目を向けて言った。

「お屋敷に奉公に上がったお袖と親しくなり、ひと目を憚《はばか》って逢瀬を重ねた末に、お袖が身籠もった。そこで、病気を理由に実家に帰らせ、子を産ませた。月々の生活費は私が送り届けていた」

「奥さまはご存じなのですか」

「知っておる」

「では、なぜお袖と祥吉は逃げ回らなければならないのですか」

十右衛門から返事はない。

「十右衛門どの。正直にお話しくだされ」

「私は何も偽りなど申してはおらぬ」

「では、お答えください。お袖と祥吉はなぜ逃げているのか」

「それは……」

十右衛門が口ごもる。

「殿のご落胤だからではないのですか」

「違う」

「十右衛門どの」

あくまでもしらを切り通そうとしている十右衛門に、剣一郎はさらに問い詰めようとしたとき、ふと十右衛門の目尻が光っているのを見た。

涙だ。なぜ……。なぜ、十右衛門が涙を。

十右衛門は供番頭として主君の傍近くに仕えてきた男だ。主君思いの忠実な家来だ。だから、お袖に主君の種が宿ったときに、我が子として対処したのだ。

だが、子どもが主君の落とし胤であることを知った勢力が、その子の擁立を図ろうとした。それに対抗した勢力がその子の暗殺を図り、左源太を刺客に送ったものと見て間違いないだろう。

このような図式のなかで、十右衛門はなぜ大助を祥吉の身代わりにさせたのか。祥吉を守りたいのであれば、なぜ自分の屋敷に隠さないのか。

ご落胤暗殺の刺客こそ左源太なのだ。つまり、このままでは左源太が大助を殺すことになる。

「十右衛門どの。私がこの件に首を突っ込んだのは、我が子の剣之助とるいのためなのです」

剣一郎は穏《おだ》やかな語調に変えた。

「ふたりは仲良しの大助どのと会えなくなり、重い病気に罹《かか》っているのではないかと食事が喉に通らないほど心配をしております。この子たちのためにも大助どのを助けたいのです」

十右衛門は口を真一文字に結んだが、今度は目も閉じていた。そして、その目から一筋の涙が頬に流れた。

「青柳どの。大助は死を覚悟しております」

「なに、どういうことですか」

「祥吉は死なねばならないのです。跡継ぎ問題で藩に内紛が起きないようにするために、祥吉を殺さねば……」

「ご落胤を助けるために大助を身代わりにするというのか。それが殿さまの命令なのか」

　剣一郎は憤然とした。

「そんな理不尽な命令を受けなければならないのか」

「違う。これは私の独断。断じて殿のお考えではない」

　十右衛門は苦悶の色を浮かべながら、

「この春、我が殿がお国にお帰りになるとき、こう仰せになられた。祥吉は不憫な子だと呟《つぶや》き、涙を流された。父子と名乗れない我が子に対する憐憫の情かと思った。が、殿がお国入りしてしばらくして、波多野清十朗の娘婿の左源太という者が不祥事を起こし、離縁の末に藩から追放されたという事件を教えてくれる者があった。私は波多野どのをよく存じておる。あの御方が何があったかわからないが、娘婿に対してそんな仕打ちをするとは思えなかった。何かの間違いだろうと思っていたが、事実だということがわかった。そのとき、殿の言葉の意味を悟った。殿は、御家騒動の種となりかねない祥吉をひそかに抹殺しようとしたのだ」

「なんと、祥吉暗殺の刺客は殿さまから出ていると」

「そうだ。左源太は刺客だ。私は殿のお気持ちを慮《おもんぱか》った。それに、祥吉とて、侍になろうなどと思ってはいない。あの子は絵が好きなのだ。書画の世界に身を置きたいという夢を持っている。それなのに、殺さねばならないとは理不尽過ぎる。何とかして祥吉を助けたいと思ったのだ」

十右衛門は息継ぎをし、

「殿は御家のために我が子を始末しようとしたのです。そのお心を察したとき、臓腑を抉《えぐ》られるような苦しみを覚えた。妻も同じだ。これまでの恩誼《おんぎ》に報いるためにはどうしたらよいか。身代わりを買って出たのは大助からだ」

痛ましいと、剣一郎はやり切れない思いだった。そこまでして、武士は忠義を尽くさねばならないのか。

いきなり、十右衛門が畳に両手をついた。

「青柳どの。大助は喜んで身代わりになったのでござる。大助が刺客に殺されることで、大北藩に将来の憂《うれ》いがなくなるのです。これは妻も納得済みのこと。どうか、このままお見逃しを」

「ばかな」

額を畳につけて哀願する十右衛門を、剣一郎は怒りを抑えて睨《にら》み付けた。

三

夜の帳《とばり》が下り、呑み屋の軒行灯《のきあんどん》の明かりが淡く射している。

剣一郎は居酒屋の前に立ち、暖簾《のれん》をかき分けて店内を見た。

樽椅子に腰を下ろした左源太は相変わらず浴びるように酒を呑んでいる。苦しそうな顔だ。役目を果たさねば、国に帰ることは許されないのだろう。

その役目とは、祥吉を暗殺することだ。

酷い。左源太にとってもなんと酷いことだ。

左源太がさらに酒を注文し、それを頑固そうな亭主が、もうやめろとなだめている。

剣一郎はその場から離れ、柳の木の陰で待った。

しばらくして、左源太が出て来た。

ふらふらとした足取りの左源太の前に、剣一郎は立った。

虚ろな目を向け、

「おう、剣一郎か」

「また呑んでいるのか」

「酒だけが生き甲斐よ」

「これからどうするつもりだ?」

「なにがだ?」

「お役目だ」

左源太の目が光った。

「何のことだ?」

「お役目を果たさねば国に帰れない。そうなんだろう。だが、おぬしはそのお役目に気が進まない。だから、おぬしは酒に逃げている」

「きいたふうなことを言うな」

左源太はふらふらと歩き出した。

「どこへ行くんだ?」

住まいとは逆のほうに左源太は向かう。

「女のところさ」

左源太は河岸沿いを行く。剣一郎も並んだ。

「おぬしの狙いは祥吉か」

左源太の足が止まった。が、いきなり左源太は豪快に笑い出した。

「おぬしはほんとうに勝手なことばかりを言う。何のことかさっぱりわからん」

「祥吉はまだ十二歳ぞ」

左源太の笑みが引っ込んだ。

「何か勘違いをしておらぬか」

左源太は悲しげな表情になって、

「俺が酒を呑まずにいられないのは、再び浪人の身になった辛さゆえよ。おぬしにはこの辛さなどわかるまい」

「わかる。おぬしの辛い立場もわかる」

口を半開きにして茫然としていたが、左源太はふいに歩き出し、二の橋を渡って行った。剣一郎もあとを追う。

「酒と女。これが今の俺の姿よ」

左源太は自嘲気味に笑った。

「左源太。俺に出来ることはないか。何でも言ってくれ」

剣一郎はやり切れないように言ったが、左源太がただ一言、「ない」と呟くように答えた。

左源太は常磐町の娼家に入って行った。

屋敷に戻った。多恵は盛装化粧のまま待っていた。

「左源太どのはいかがでしたか」

脱いだ剣一郎の着物を畳みながら、多恵がきいた。

「相変わらずだ。だが、あいつの胸のうちが痛いほどわかる。あいつは今闘っている。それに、俺はどうしてやることも出来ない」

祥吉の身代わりの大助を守らねばならないが、それは左源太の役目の失敗を意味する。二度と国に帰れず、妻女とも暮らせることはないであろう。

このままでは左源太は生きる屍《しかばね》と化すしかない。そう思ったとき、ふいに突風が吹いたように剣一郎の体が揺れ、ある言葉が頭の中に残った。

(斬る！)

左源太を斬る。それが左源太の苦しみを除いてやることかもしれない。

「いけません」

突然、多恵がたしなめるような声を出した。

「どうした？」

訝《いぶか》しく、多恵の顔を見た。

「左源太さまを斬るとの結論でございましょう」

あっと驚かないわけにはいかなかった。勘の鋭い女子だとわかっていたが、ひとの心の内を読むとは鬼神か。

「ど、どうしてわかったのだ」

「左源太さまのことで、とても苦しそうな顔をしていました。そのうち、突然、恐ろしい形相で、腰に手をやる格好をしました」

「腰に？」

そう言われればそうかもしれないと思ったが、その意識はまったくなかった。そうか、さっき左源太を斬ろうと腰の刀に手を伸ばす格好をしたのか。

だが、それだけで、左源太を斬るなどと見破ったのは只事ではない。やはり、多恵は鬼神かもしれない。

「何か手立てがあるはずです」

「うむ。そなたの言うとおりだ」

そう答えながら、剣一郎はそれを探ったが、祥吉や大助を助け、かつ左源太を無事に帰参させることが出来るのか。

四

他人の目を憚って、中井十右衛門は町駕籠を使った。大北藩下屋敷に近づいたとき、十右衛門は駕籠の扉の隙間からかなたにある雑木林の樹の陰に町方らしい男がふたりいるのを見逃さなかった。

門前で駕籠を降り、再びさりげなく振り返る。町方らしいふたりがさっと樹の陰に顔を隠した。

もはや猶予はならなかった。八丁堀与力青柳剣一郎にすべてを見抜かれてしまっているのだ。

屋敷内に入ったところで、覚えず空を見上げた。細い雲がたなびいている。大助と釣りに行ったとき、同じような雲が出ていた。

くだらないことを思い出すものだと胸を切なくした。

ここに殿の側室である綾の方が住んでいる。意を決して、十右衛門は綾の方に会うためにやって来たのだ。

十右衛門は御広間に通されたまま、長い間待たされた。四半刻（三十分）以上は経つ。その間、茶が出されるわけではなかった。

十右衛門はじっと待った。これまでの調査で、綾の方が国元の年寄り大谷新左衛門と通じているとわかったのだ。

廊下に足音が聞こえた。

女中が敷居の前に跪き、

「綾の方さまがお庭にてお会いするそうでございます」

と、畏まって伝えた。

十右衛門は立ち上がった。玄関に出て、十右衛門は待っていた女中に案内をされ、汐入《しおいり》回廊式の庭を進んだ。

紅葉がはじまり、池の水面に紅い色が映っている。雪見灯籠を横目に少し上って行くと、広場に出た。

女中たちが野点《のだて》の支度をしている。蓙蓙《ござ》を敷き、その上に毛氈《もうせん》。大きな朱の傘が立てられている。

十右衛門はまだ誰もいないその野点の席に招じられた。

火鉢も用意されているが、まだ火は入っていない。まだ準備の最中だ。

十右衛門がそこに腰を下ろすと、今度は待つ間もなく、女中に引き連れられて、薄い黄色の打ち掛け姿の綾の方がやって来た。

色白で、か弱そうな雰囲気があるが、鼻筋がとおり、しっかりした顔だちの美しさだった。

十右衛門は頭を下げ、綾の方が草履を脱ぎ、目の前にやって来るのをじっと待った。

腰を下ろす気配がした。綾の方は十右衛門の真意を探っているのか、すぐに声がかからなかった。

さらに、しばらく間があってから、

「中井どの。頭を上げられませ」

と、綾の方から声がかかった。

ははあと畏まり、顔を上げた。女中の姿はなかった。綾の方が去らせたものと思える。

「綾の方さまにはご機嫌麗しく恐悦至極に存じ……」

「中井どの。そんな挨拶は無用ぞ。わざわざ、わらわに会いたいとは、よほどのことでござろう。人払いがしてあります。遠慮のう、お話しなされ」

「はっ」

十右衛門は恐縮して、もう一度頭を下げ、

「されば、きょうは綾の方さまにお願いの儀があって参上仕《つかまつ》りました」

「何事でありましょうや」

綾の方は冷たい声で答えた。

「お話というのは、お袖どのの子祥吉さまの儀にございます」

「そのような話、聞きとうもない」

「いえ、聞いていただかなければなりませぬ」

十右衛門は強く出た。

「国元より、祥吉さま暗殺の刺客が江戸に送り込まれ、それを阻止するための刺客も江戸にやって来て、死闘を繰り返しております」

綾の方は顔を背けた。

「これまでに祥吉さま暗殺側の者ふたり、阻止する側の者ふたりが命を落としております。これ以上、藩内で死闘を続けては、いずれ表沙汰になりかねません。事実、下屋敷の門前には町方の者が見張っております」

綾の方が目を見開いた。

「この藩士同士の死闘を止めさせることが出来るのは綾の方さまをおいてありませぬ」

「ばかな。どうして、わらわにそんなことが出来ようか」

綾の方は口辺に冷笑を浮かべた。

綾の方は殿の子をふたり産んだが、いずれも女の子。本妻の奥方とは決して交わることのない仲であった。

祥吉を身籠もったお袖を下屋敷に置くことが出来なかったのも奥方の嫉妬からであり、そのことから綾の方はお袖に同情的であった。

綾の方は本妻の子吉松の跡継ぎを嫌い、祥吉を後継にすることを考えはじめたのではないか。

殿が祥吉暗殺に踏み切った背景にはこのことがあるはずだ。

「どうぞ、お願いでございます。国元の年寄大谷新左衛門さまに手をお引きなさるように、綾の方さまよりご進言いただきとうございます」

「何を申すのか」

綾の方の目がつり上がった。

「そなたの申しよう、まるでわらわが大谷新左衛門とはからって何かを企んでいると聞こえる」

そのとおりではないか、と十右衛門は口に出かかった。

「このままでは藩の内紛がご公儀に知れ、藩おとり潰しの事態にまで発展しかねません」

「祥吉に刺客を向けたのは、大方家老の小出為右衛門であろう。それを阻止しようとした

のは大谷新左衛門。いずれに非はあるか、自明ではないか。やめさせるとしたら、小出に

祥吉暗殺をやめさせるほうが筋というもの」

「誠に、おっしゃる通りでございます。なれど」

十右衛門は膝を進めた。

「それで、藩は安泰といくでありましょうか」

綾の方は細い眉を寄せ、険しい顔になった。

「いかぬと申すのか」

「いずれ、また祥吉さまを担ぎ上げようとする者が出てこないとも限りません」

あなたさまですと、暗に告げるように十右衛門は綾の方を鋭く見つめた。

「確かに、いろいろな欠点もおありでございますが、お世継ぎは吉松さまというのは殿の

ご意向」

「しかし、ひとには器量というものがある。祥吉が跡を継ぐほうが藩にとっても有益であったらどうするのじゃ？」

「それでも、吉松君におなりいただきます」

「ばかな。それこそ、藩にとっては不幸」

「いえ。藩内がそのことで争うほうがよほどの不幸ではございませんか」

「だまらっしゃい。そなたは吉松の味方なのか」

「私は、ただ藩のため。殿のために……」

「殿のためと言うが、祥吉とて殿の子じゃ。祥吉が跡取りになっても殿には満足のはず。それを、大谷新左衛門に祥吉を守ることを止めさせようなどと。それでは祥吉は殺されてしまうのではないか」

　十右衛門は悲しみの籠もった目で見つめ、

「それが藩のため……」

「なんと、そなたは正気か」

　綾の方が啞然とした。

「祥吉さまには死んでいただくしかありませぬ。これも定め」

「何を申すか、この不忠者」

不快そうに、綾の方は顔を歪めて立ち上がった。

「そのほう、殿のため、藩のためだと口先ではうまいことを言うが、その実、小出為右衛門と結託し、吉松擁立の邪魔者を排除しようとしているのであろう。醜いぞよ、十右衛門」

頭上から、綾の方は罵声を浴びせた。

「ええい、もう、よいわ。下がられよ。下がらっしゃい」

身を翻し、綾の方は去ろうとした。

「お待ちください」

十右衛門はもはや口にしなければならないと思い定めた。

「綾の方さま。お聞きください」

「ええい、聞く耳持たぬ」

「祥吉さまを亡き者にしようとするのは御家老ではありませぬ。殿のご意向であります」

「なにをたわけたことを」

綾の方が呆れたように言った。

「殿が我が子を手にかけようと思うか。そなたにもお子があろうゆえわかるであろう」

「おります。藩のために、我が子を手にかける親が」

十右衛門は胸を抉られる思いで訴えた。

「殿は、将来の禍根の種となりかねない祥吉さまを……」

十右衛門は俯いたまま、あとの言葉は口に出せなかった。

綾の方から言葉がなかった。そっと顔を上げると、綾の方の顔が青ざめていた。やがて、綾の方が茫然と呟いた。

「殿が我が子を」

「殿は藩のために悲壮な決意をなされたのでございます。殿のお気持ちをお汲みになり、どうかこのたびの儀につきお目をお瞑りくださいませ。どうぞ、伏してお願い仕ります」

十右衛門は毛氈に額をつけた。

「十右衛門どの。そなたのような忠義者が祥吉暗殺に手を貸そうとしているのは、ひょっとして」

ひぇえ、と綾の方が奇妙な声を上げた。

「まさか、そなたは我が子を身代わりに」

綾の方がよろけるように十右衛門の前に腰を下ろした。

「そうなのですね。そなたは、ご自分の子を……」

「綾の方さま。どうぞ、殿の御心のままに」

十右衛門は懸命に訴え続けた。

五

天窓からの陽光が土間に射している。雀の囀《さえず》りに、左源太は目を覚ました。が、頭が痛い。足元に徳利が転がっている。

ゆうべも呑み過ぎた。が、何かを麻痺《まひ》させるだけで、苦しみは呑んでもいっこうに去ろうとしなかった。

左源太は起き上がった。土間におり、腰高障子を開け、路地の突き当たりにある厠《かわや》へ向かった。

井戸端では女房連中がかまびすしい。

「酔どれの旦那。さっきお客さんが来たよ」

赤子を背負った小肥りの女が顔を向けて言った。

「客？」

一瞬剣一郎かと思ったが、そうではなかった。

「頭に手拭いを載せた行商のひと」

母子が見つかったのか。

「起きる頃を見計らってまた来ると言ってたよ」

「そうですか」

小肥りの女はまた仲間との会話に戻った。職人の女房で、仲むつまじく暮らしている。無意識のうちに我が身に引き比べてやり切れなくなった。

厠から戻ったとき、土間に紙切れが落ちているのに気づいた。出るときは気づかなかった。

左源太は拾って四つ折りの紙を開いた。

――母子は大畑村の月光庵《げっこうあん》

左源太はその文面を凝視した。

いったい誰が……。さっきの女房が言っていた行商の男か。しかし、あの男ならわざわざ手紙などにせず、直接会いに来るはずだ。

手紙の主が誰だかわからないが、母子が大畑村の月光庵という所にいると教えているのだ。

（罠か）

大谷一派が企んだことかもしれない。左源太は用心深く考えた。

いや、俺を始末するならわざわざこのような迂遠な方法をとらずとも、呑み屋から出て来たところを襲えばいい。事実、今まではそうだったのだ。

二日酔いの頭の重さを忘れ、考え込んでいると、腰高障子が開いて行商姿の男が入って来た。

「起きたか」

男は荷物を下ろし、上がり框に腰を下ろした。

「さっき来たようだな」

「ああ。戸を叩いたが返事がない。まだ眠っているのかと呆れ返って、ひと回りしてきたところだ」

男は冷たい目で見た。

「そんなことで、役目を果たせるのか」

「それより見つかったのか」

「まだだ。が、大畑村に向かったことはわかった」

「大畑村？」

覚えず叫び声を上げそうになって、あわてて喉元で押さえた。

「なんだ？」

疑い深そうな目を向け、男はきく。

「なんでもない」

しばらく左源太を睨んでいたが、

「これから大畑村を探してくる。おそらく、百姓家ではなく、どこかの庵に匿われている可能性が強い」

さすがに鋭い勘だ。

「もう酒をやめろ。いざというとき、体が言うことをきかなくなる。わかったな」

男は立ち上がって荷を背負った。

左源太は黙って見送った。

男が出て行ったあと、改めて手紙を見た。

大畑村の月光庵。ここに母子がいるのは間違いない。しかし、その子が果たして祥吉なのだろうか。

殺された薬売りに化けていた男が言っていた言葉を思い出す。

「母子は寺島村に逃げているが、どうもおかしい。中井十右衛門の伜が姿を晦《くら》ましているのだ」

これを寄越《よこ》したのは、おそらく中井十右衛門であろう。中井はどのような意図があって居場所を知らせてきたのか。

またしても、そのことが気になった。

国元を出る前、義父の波多野清十朗が口にした言葉が蘇る。

「あの者は忠義一徹だ。ご落胤が狙われていると知ったら、どんな手を使ってでも阻止しようとするだろう」

しかし、忠義一徹ということなら義父も同じだ。

将来の禍根を断ち切るためとはいえ、娘婿を離縁させてまで刺客として送り込んだのだ。娘千賀の幸福より、藩のほうが大事なのだ。

そのとき、今まで考えもしなかった疑問にぶちあたった。義父は忠義の士だ。そんな義父は家老の依頼とはいえ、殿の意向を無視してまで祥吉を抹殺しようとするだろうか。

ひょっとして、祥吉暗殺の命令は殿から出ているのではないか。

殿の評判はよい。殿さま面《づら》をして威張り腐り、すぐ癇癪《かんしゃく》を起こすような人間ではなかった。情もあり、物事を冷静に見抜く眼力も備わっていた。

だから、家老や義父の忠誠心にいささかの曇りもないのだ。

しかし、年寄の大谷新左衛門は吉松君に対して厳しい見方をしている。自分にうまいことを言う人間を大事にし、苦言を呈する者には辛く当たる。そんな評価がある。おそらく、江戸表で吉松君を見ている者から将来殿と仰ぐ器ではないという意見がもたらされているのだろう。

だから、大谷一派にとっては祥吉というご落胤の存在は大きな希望となったはずだ。このことを殿はどう考えたか。

このままでは将来の禍根となると思ったのではないか。もし、自分の身に何かあった場合、藩は後継者問題で真っ二つに割れてしまうかもしれない。

聡明な殿はどうするか。禍根の種を断つ。それが殿の決断だったとは考えられないか。殿の考えは筆頭家老の小出為右衛門に伝わり、そして義父の波多野清十朗に伝わった。

やはり、殿の苦衷《くちゅう》を察した中井十右衛門は我が子を身代わりにしたとしか思えない。

しかし、十右衛門は祥吉擁立派に属しているのであろうか。違う。十右衛門はただ祥吉の命を守りたいだけなのではないか。それが殿のお心に叶うとの判断か。

そうだ、それに違いないと思った。大助を祥吉として死なせる。これで事態の解決を図ろうとしているのだ。

おそらく大助も祥吉として死ぬ覚悟が出来ているのだろう。そして、本物の祥吉はどこぞで名を秘して生きていくのだ。

六

ふと虫の音が止んだ。

書見台に向かっていた祥吉は立ち上がって障子を開けた。

縁側に出て、

「誰かいるのですか」

と、低い声を出した。

暗い庭の草むらに誰かが潜んでいるような気配がした。隣の部屋には護衛の武士がいる。中井十右衛門がつけてくれたのだ。

万が一のときには大声を出せばすぐに駆けつけてくるはずだ。

草むらからかさかさという音がした。祥吉が声を張り上げようとしたとき、何者かがすっと姿を現し、

「怪しいものではありませぬ」

と、小声で囁いた。

町人ふうの男だ。危険な感じはしなかった。

男はすすっと縁側に身を屈めながら近づいて来た。

「私は文七と申します。じつは中井大助どのの友人で青柳剣之助という方が祥吉さんにお話がしたいと願っております」

「青柳剣之助……」

祥吉は目を丸くし、

「いつぞや、ここにやって来た若者ですか」

と、確かめた。

「そうです。覚えておいでですか」

「ええ」

「いかがでしょうか。明日、こっそりお部屋に入れてもらえませんか。どうしても、お話しなきゃならないことがあるそうです」

「わかりました。お待ちしております。明日、昼過ぎに法要があります。人出も多いようですから、その中に紛れて、ここにお出でくださいますよう」

「わかりやした。じゃあ、その手筈で」

文七という男は再び音もなく草むらに消えて行った。

祥吉は部屋に戻った。

書見台に向かったが、書物を読む気になれなかった。ひとりになると心細い。もうここに来てからひと月以上経つのだ。

母はいったいどうしているのか。ときたま、母は達者だという知らせは届くものの、母はここに顔を出そうともしない。

自分の父親が身分の高い武士であることは薄々感づいていたが、まさか大北藩主であろうとは想像だにしなかった。

母は藩主の子に相応《ふさわ》しい教養を身につけさせようと祥吉に学問の他に茶道、和歌、書画などを習わせた。村の植木職の家に花を仕入れに来る商人の中に活花の師匠がおり、そのひとに指導を受けて活花の手ほどきを受けた。

だが、祥吉がもっとも才能を発揮出来たのは書画であった。村はずれにある寺で開かれた書画会で、江戸の著名な画家の目にとまり、その才能を誉《ほ》められたのだ。

父に会いたくないと言えば嘘になるが、相手が藩主だというのは現実味がなかった。自分には書画がある。この世界で身を立てたいと思っており、二か月ほど前に突然の嵐に巻きこまれたような大北藩の跡継ぎ問題は寝耳に水のことだった。

ある日、旅の僧が現れたときから祥吉の周囲は一変したのだ。その僧は大北藩の国元にある寺からやって来たといい、ある事情からしばらくここを離れていただきたいと告げた。強引と思えるほどの言い方であった。

母は理由を聞かされたようだ。母は僧の言うとおりにした。それからのあわただしさは尋常なものではなかった。どこでどう段取りがつけられたのか、母とふたりでその僧に連れられ葛西をあとにし、浅草幸龍寺の庫裏に移った。

その僧はここでしばらく辛抱なさるようにと言い、母も別れ際に、「おまえはもう祥吉ではない。多助という名で、新しい道を歩くのです」と悲しみを堪《こら》えて言った。

僧と母は寺を出て行った。二度と母に会えない不安にかられ、母を追いかけようとしたが住職に引き止められた。

今、自分の身の廻りで何かが起きているらしい。だが、それが何なのかわからない。

ただ、一度ここに頬に青痣のある侍と祥吉より少し年長の若者がやって来た。その若者は祥吉を見て「違う」と言った。それに応えて、青痣のある侍が、「大助ではないのか」ときいた。

大助とは中井十右衛門どのの子息である。中井十右衛門には何度か会ったことがある。中井が自分の父親だと信じていた時期もあったのだ。

その大助だと思っていた。いったい、その若者はなぜ大助がここにいるかもしれないと思ったのだろうか。

その若者は青柳剣之助という。さっき庭から忍んできた文七という男が言っていた。そして、その青柳剣之助が明日、ここに忍んで来るという。

いったい、自分の周辺で何が起こっているのか。祥吉は何も知らされてはいなかった。

翌朝早く、祥吉は目覚めた。

青柳剣之助が待ち遠しかった。

その剣之助がやって来たのは、田原《たわら》町の商家の先代の七回忌法要がはじまる頃だった。集まってきた参列者に紛れてこっそり庫裏にもぐり込んで来たのだ。

祥吉は剣之助を部屋に引き入れた。

「少し離れた部屋に、警護の侍がおります」

祥吉は小声で言い、剣之助にも注意を促した。

「わかりました。私は青柳剣之助。あなたは祥吉さんですね」

「はい。先日は多助と名乗りましたが、ほんとうの名は祥吉です」

祥吉は素直に認め、

「教えてください。いったい、何が起きているのか」

と、頼んだ。

剣之助は二つ、三つ歳上だが、ずいぶん大人びて見えた。

「中井大助をご存じですね」

「はい。何度か会ったことがあります」

「大助は今、あなたの母君といっしょに大畑村におります」

「えっ、母がどうして?」

祥吉はまるで狐につままれたような気がした。

「よろしいか。落ち着いてお聞きなされ。大助があなたの身代わりに刺客に討たれようとしているのです」

祥吉はあまりの話の内容に言葉を失った。

「大北藩主のご落胤である祥吉どのは、藩の内紛の種なのです。藩が真っ二つに割れることを防ぐために、その種を抹殺しようとしている者がいるのです」

「でも、私は武士になるつもりはありません。ましてや、藩主などとは……」

「あなたにその気がなくても、誰かがあなたを担ぎ出そうとするやもしれない。また、あなたと現在の若君を比較して、そのことが不満の元になるかもしれない」

このとき、はじめて祥吉はご落胤であることの重さのようなものを意識した。

「おわかりですか。あなたが死ななければ大北藩は火種を抱えることになる。そのために、大北藩はあなたに刺客を送った。このことを知った中井十右衛門どのがあなたを救い、藩の内紛を防ぐために、我が子大助をあなたの身代わりにしたのです」

「大助は私の身代わりで死のうとしているのですか」

祥吉は全身が強張《こわば》るのを感じた。

「そうです。自ら望んで」

「なぜ、他人のためにそのようなことを」

「中井家の殿さまに対する忠義です」

「くだらない」

祥吉は吐き捨てた。

「剣之助どの。大助がどこにいるかおわかりですか。そこに連れて行ってください」

剣之助は首を横に振った。

「そんなことをしても無理です」

「じゃあ、大助を見殺しにしてしまうのですか」

「私は大助を助けたいのです。でも、大助は自分の意志で死のうとしている。その気持ちを変えさせることは難しい」

「どうしたらいいのですか」

「わかりません。私たち端の者がとやかく言うことではありませんから。冷たい言い方ですが、あとはあなたがどうするかです」

「私が……」

祥吉は心の臓がひんやりとしたように感じられた。

「後悔なさることのないようにと、私はただあなたに真実を伝えたかっただけなのです。ただ、このまま黙っているのが、ほとんどのひとが望んでいることだと思います。私と妹を除いては……」

剣之助の語尾が途切れた。

部屋の外に足音がした。

「それでは引き上げる」

剣之助は素早く縁側に出た。

と同時に反対側の襖が開き、背の高い侍が顔を出した。

「誰かいたのか」

目つきの鋭い侍が部屋を見回した。

「いえ、誰もおりませぬ。何か」

「いや。話し声がしたようだからな」

「それは私が声を出して書物を読んでいたのです。お騒がせして申しわけありません」

不審顔で、侍は縁側に出た。はっとしたが、もう剣之助は姿を晦ましたようだ。

侍が戻って来た。

「用心なさるように」

侍が部屋を出て行こうとしたとき、祥吉ははたと思いついたことがあった。

「お願いがございます。至急、中井さまにお会いしたいのです。どうぞ、お取り次ぎを願います」

「中井さまに？」

祥吉の顔を怪訝そうに見つめ、

「中井さまに何用か」

と、侍は探りを入れた。

こんなことを言い出したのは初めてなので、侍は警戒しているのかもしれない。

「今後の身の振り方について相談したいことがあります。いつまでもここにいても仕方ありません」

「もうしばらくの辛抱だ」

「いいえ。どうしても早急にお会いしたいのです。それに、母が私を呼んでいる夢を見ました。胸騒ぎがするのです」

「考えておく」

「いいえ、今すぐに呼んでください。でなければ、私はこれから会いに出かけます」

侍は困ったような顔をしたが、

「わかった。使いを出そう。ただし、中井さまが会うかどうかはわからんぞ」

と、折れたように言った。

使いが出かけたようだ。

中井十右衛門がやって来るかどうか。いや、やって来る。何をおいてもやって来るはずだと、祥吉は思った。

中井十右衛門がやって来たのは夜になってからだ。

「お呼びでございましょうか」

行灯の明かりに仄《ほの》かに照らし出された中井十右衛門の顔がまだ三十半ばぐらいだというのに、十歳も老けたように見えた。

「正直に答えてください」

いきなり祥吉が言うと、十右衛門は驚いたように表情を変えた。

「大助どのはいずこに？」

「大助でござるか」

十右衛門は顔を苦しげに歪め、

「大助は今、病気養生のためにある場所で暮らしております」

「正直にお答えくださいと申しました」

「何かご不審でも。今正直に申し上げたつもりですが」

「嘘だ。大助どのは私の身代わりとなって刺客に討たれようとしている。そうではないのですか」

十右衛門は目を見張っていた。

「私がいたのでは藩のためにならない。だから刺客が送られた。私を助けるために大助どのが身代わりに。そんなこと、許せない」

「誰がそのような戯言《ざれごと》を」

「この期に及んで隠さないでください。今、何が起きているのか、私は知ってしまったのですから」

啞然とした目を向けていたが、

「祥吉さま」

と、十右衛門が手をついた。

「あなたさまは我が殿のお子さま。そのお子さまに万が一のことあれば、我ら家臣の立つ瀬がありません」

「間違っている」

祥吉は覚えず大声を出した。

「そのために大助を犠牲にするなど許されることではない。おかしい」

十右衛門は拳を握りしめて何かに耐えているようだった。が、おもむろに顔を上げた。

「よくお聞きください」

十右衛門が静かに切り出した。

「我が藩には吉松君という立派なお世継ぎがおられます。だが、吉松君に対して好意を抱かない家臣も中にはおります。そういった者たちが祥吉さまの存在を知り、お世継ぎに担ぎ出そうとしたらどうなるとお思いですか。お世継ぎ問題で藩が真っ二つに割れる恐れがあります」

「わかっています。だから、私などいないほうがいいんだ」

「よくお聞きください。祥吉さまさえいなくなれば御家は安泰。そう考えた者たちがやむなく刺客を送った。しかし、我らは我が殿の血の繋がった祥吉さまを守らねばならぬのです。そのための窮余の策が大助の身代わり」

「私を守りたければ刺客と闘えばよいではないか」

「いいえ。そんなことをしたら事は大きくなり、藩の内紛が世間に漏れ、ご公儀にも知られてしまうことになります。このことは内々で始末せねばなりません」

「ならば、私が遠くに逃げればいい。上方《かみがた》にでも行けばいい」

「それもなりません。あくまでも祥吉さまは死んでいただく。騒動の種を永久に消してしまわねば、再び同じことが起きましょう」

十右衛門の話を聞くと、大助が祥吉として死ぬことですべての問題が片づくと言っているようだが、それではまるで大助が死ぬことを望んでいるようではないか。

祥吉は不思議に思った。刺客に襲われたのなら、なぜ刺客と闘って私を守ろうとしないのか。なぜ、殺されることを優先に考えるのか。

それとも、刺客に歯向かうことは出来ないのか。そう考えたとき、祥吉は飛び上がりそうになった。

「もしや、私を殺すように命じたのは我が父……」

十右衛門は目を剝き、やがてがばっと畳に手をついた。

「祥吉さま。我が殿は藩の安泰のために愛しい我が子の命を奪おうとしたのです。そのお心を思えば、我が殿の御為に伜大助の命を差し出すことは当然であり、名誉なこと」

祥吉はふらふらっと立ち上がった。

自分の命を狙う者が父であったとは……。私は父に災《わざわ》いをなす人間なのか。

「祥吉さま。大助は自ら望んであなたさまの身代わりとなって死んで行くのです。どうぞ、大助のぶんまで生きていってくだされ。これが、武士の本分」

十右衛門は涙で訴えた。

「くだらない、武士などくだらない」

祥吉は絶叫した。

七

昼近くになって起き出したとき、長屋に例の隠密の男がやって来た。左源太は、瞬間冷たい風を浴びたように悪寒が走った。

「見つかった」

男は腹の底から絞り出すような声で言った。

「大畑村の月光庵だ」

数日前に届いた文と内容が同じだった。

その文を受け取ったものの、すぐに行動を起こさなかった。罠かもしれないと疑ったわけではない。行動に移せなかったのだ。

ずるずる日を延ばしてきた。が、ついに明日は晦日だ。

国元の義父がそれまでに目的を果たさねば新たな刺客を送ると言っていた期限がついに明日やって来る。

左源太は胸に穴が空いたような虚しい日々を送ってきた。苦しい毎日だった。それも限界に達していた。

「今夜。いいな」

男は有無を言わせぬように言った。

「見張りは？」

「それが妙なのだ」

「妙？」

「討手の侍ふたりが江戸を離れたんだ」

「なんだと？」

先日、襲ってきたふたりに違いない。

「なぜ、だ？」

「わからん。おそらく国元で何かあったのだろう。下屋敷で待機していた者の姿もない。念のために、大畑村を探ってみたが、それらしき者はいない。ともかく、おぬしへの討手はいなくなった」

いったい何があったのかと男は首をひねっていたが、左源太にはわかった。

大谷新左衛門一派が諦めたのではないか。いや、殿が大谷新左衛門に命令したのかもしれない。つまり、我が子の暗殺を命令しなければならなかった殿の苦衷を察し、大谷一派は祥吉擁立を諦めたのではないか。

つまり、大谷新左衛門も祥吉暗殺を黙認したということだ。すべて、祥吉暗殺に向けての状況が整ったということだ。

相手はまだ十二歳だ。その子を殺すことは気が進まない。だが、それをしなければ自分は破滅だ。

仕官して十年。千賀とも円満に暮らし、娘も生まれ、ささやかだが幸せをかみしめていたのだ。それを奪われた。その暮らしを取り戻すために役儀を果たさねばならない。

祥吉と名乗っているのは中井十右衛門の伜大助のようだ。おそらく、大助は祥吉として命を捨てる気なのだろう。

「じゃあ、今夜、五つ（八時頃）に向島の秋葉《あきば》神社で落ち合おう」

「わかった」

男が出て行った。

左源太は千賀が恋しかった。娘に会いたかった。もう限界かもしれない。

祥吉に化けた大助は死を覚悟している。そんな子どもを殺ることは赤子の手をひねるようなものだ。

それにしても何と不幸な星の下に生まれた子であるか。祥吉と大助だ。ふたりは、実の親から命を奪われようとしている。大助は自らの意志かもしれないが、実体は同じだ。もはや、祥吉暗殺に妨げになるものはなかった。祥吉を殺すことは藩全体の意志にもなったといっても過言ではない。

ただひとり敵がいる。剣一郎だ。

おそらく剣一郎が左源太の前に立ちはだかるであろう。しかし、己の幸せを取り戻すためには剣一郎を倒さねばならない。

切羽詰まった状態に追い詰められたことを自覚した。

左源太は壁に立てかけてあった刀を手にし、ゆっくり抜いた。銘のない剣だが、手応えのある重さだ。

切っ先だけに十分に血を吸った形跡がある。左源太に絶命剣の秘技とこの刀を授けてくれた師である神尾主膳は今は亡いであろう。

師が老いて小さくなった体に杖をついて旅立ったのは三年前。死に場所を求めて旅立ったのだ。

左源太が神尾主膳と運命的な出会いをしたのは大北藩国元で暮らすようになって半年後のことだった。

江戸での剣術の師真下治五郎から聞いた絶命剣の虜《とりこ》になっていた左源太は妻千賀との幸

せな暮らしを送りながらも常に絶命剣に対する憧れがあった。

その切なる思いが通じたような出来事に遭遇したのは冬になり、雪が降り始めようかという季節の頃だった。

城を退出し、千賀のために町外れにある飾り職人の工房を訪ねた帰りだった。河原で、小柄な白髪の老人が旅の剣客らしい侍と決闘をしていたのだ。

止めに入ろうとして、左源太は棒立ちになった。老人が相手に踏み込んで行ったところだった。上段に構えた浪人の体は硬直してしまったように身動《みじろ》ぎもせず、やがて目を剝いたままどっと倒れた。喉から血が一瞬噴き出したが、すぐに止まった。

(絶命剣だ)

左源太は内心で叫んだ。

平然と去って行く老人を追いかけた。

「お待ちください。もしや、あなたは神尾主膳どの」

左源太の声に老人は振り返った。皺だらけの顔、しょぼついた目。とうてい絶命剣を操る剣客とは思えなかった。

「今の剣、絶命剣とお見受けいたしました。どうぞ、私に絶命剣を教えてくださりませんか」

左源太は河原の小石の上に跪いた。だが、老人は黙って去って行った。

老人は近くの小屋に寝泊まりをしていた。左源太は毎日のように通い、入口の前で正座し、伝授を乞うた。

小雪が舞っている中、左源太が土の上で正座をして待っていると、老人が小屋から出て来た。そして、左源太の横をすり抜けるとき、

「ついて来なさい」

と、聞き取りにくい声で言った。それが許しの言葉だった。

それから修行がはじまった。苦節五年。ついに左源太は会得した。それを見定めてから、神尾主膳は旅立って行ったのだ。

絶命剣は腕の立つ相手ほど威力を発揮する。剣一郎に対してはもっとも効果を発揮するだろう。

もはや、左源太に迷いはない。旧友と刃を交えることも定めなのだ。

八

その日、剣一郎はずっと屋敷に閉じこもっていた。

朝から胸騒ぎがしていた。

昼下がりに、文七が駆け込んできた。

剣一郎は縁側に出て文七と会った。

「隠密らしい行商の男が左源太の長屋に入って行きやした。どうやら、決行は今夜」

文七は盗み聞きをしたことを告げた。

「ごくろう。このことは他言無用だ」

文七に念を押してから、剣一郎は再び部屋に戻った。

とうとう左源太は決意をしたか。左源太の出した結論に異議を申し立てる謂われはなかった。

左源太はずっと苦しんできたのだ。その苦しみ、悩みも限界に来ていることは察していた。

国には妻子が待っているのだ。十二歳の子どもを殺すのに気がすすまなくとも、それをやらなければ国に戻れないのだ。

左源太を責めるのは酷だ。武士である以上、上司の命令には背《そむ》けぬであろう。ましてや義父の頼みであるのだ。

左源太が祥吉を討ちに行くのを誰も止めることは出来ない。だが、剣一郎は立ちはだからねばならない。

祥吉の名を騙《かた》っているのは大助なのだ。剣之助やるいのためにも、大助を死なせるわけにはいかないのだ。

剣一郎は目を閉じた。

左源太と刃を交えねばならない。かつて真下先生の道場で剣の腕を磨き合った仲であり、左門も交え、よく遊んだ仲でもあった。

（絶命剣）

剣一郎はかっと目を見開いた。

左源太は絶命剣をものにしている。ふたりの武士を喉元の傷で鮮やかに仕留めた腕は恐ろしいばかりだ。

左源太と闘うことは絶命剣と闘うことに他ならない。

「真下先生のところに行ってくる」

多恵にはそう言い、黒の着流しに刀を落とし差しにし、浪人傘をかぶってひとり屋敷を出た。

多恵が玄関まで刀を持ってくれたのは剣一郎が危地に向かうという予感がしたからだろう。それほど、剣一郎は厳しい顔をしていたのかもしれない。

南八丁堀から船に乗り、大川に出た。

両国橋を潜るとき、橋の上に女太夫の一行を見た。

剣之助に思いが向いた。松中宗助の話では、剣之助は女太夫のお鈴という女に惹かれているらしい。

剣一郎も昔、女太夫のなまめかしい姿に夢中になったことがあった。笠の内の細面の顔に白い襟足。三味線を抱えた腰の丸みに言い知れぬ色気を感じたものだ。

おそらく、剣之助もそうなのかもしれないと思った。

いつの間にか、船は両国橋から遠ざかって行った。

女太夫から気持ちは左源太のことに向いた。絶命剣。いったい、どのような剣なのか。なぜ、相手の喉だけを狙うことが出来るのか。

師は邪剣と呼んでいた。絶命剣を会得しかけた男が狂い死にしたという話をしていた。

絶命剣とは何か。

剣客の端くれとして、絶命剣に興味がある。なぜ、あんなにあっさり喉を斬れるのか。

そんなことを考えているうちに船は船着場に到着し、剣一郎は土手に上がった。

真下治五郎の家に着くと、治五郎は剣一郎の顔つきにただならぬものを感じたのだろう。いつもの調子ではなく、重々しい雰囲気で客間に招じた。

「何があったのかな」

向かい合ってから、師は鋭くきいた。

「先生。絶命剣について教えてください」

「やはり、そのことか」

「はっ？」

「ここに現れたときの顔つき。尋常のものではなかった」

おいくが茶を運んで来た。

「青柳さま。どうぞ」

「茶でも飲んで気持ちを落ち着かせなさい」

自分でも気づかぬうちに気が昂っていたのかもしれない。

剣一郎は湯呑みに手を伸ばした。

一口すすり、間を置いて、また一口。少しずつ心に落ち着きが戻ってきた。

西陽が射してきた。秋の日は短い。

いつの間にかおいくは去り、師とふたりだけになった。

「この前も申したと思うが、わしも傍目で見ていただけだ。だから、絶命剣なるものがどういうものかわからない。ただ、外から見ている限りにおいては普通の構えだ」

師が語り出す。

「だが、相手はまるで射すくめられたように体が動かなかったように思える」

「体が動かない?」

「そう。まるで、相手の暗示にでもかかって身が硬直したようになって、相手の剣先が喉元に届く寸前まで身動きしなかった」

「なんと」

剣一郎は戦慄を覚えた。

何か特別な術を使うのか。

「相手の目に何か秘密があるのでしょうか。その目を見つめているうちに一瞬気を失うとか」

「うむ」

師は腕組みをし、顔を斜め上に向けた。何か思い出そうとしているようだ。

しかし、と剣一郎は今考えたことを自ら否定した。左源太は夜でも絶命剣を使っている。暗い中で、目はあまりよく見えないはずだ。

だとすると、他に何が……。

剣一郎ははたと思いついた。

(二刀流)

心の内で叫ぶ。剣を交えている間に、鍔迫り合いの最中に脇差での居合。ふつうなら難しかろうが、鍛練によってそれが可能になったとしたら。

剣一郎は頭の中で左源太と剣を交えてみた。白刃がぶつかり合う。そして、鍔迫り合い。お互い両手で柄を摑んでいるが、左源太は途中から左手一本で相手の剣を押し返し、もう一方の空いた右手で脇差を素早く抜いて相手の喉を斬りつける。

左手で相手の剣を支えるだけの力が必要であるし、せめぎ合いの間隔の中で脇差を抜くという早業が必要だ。

だが、それが左源太には可能だとしたら。

「先生。二刀を使うのではありませんか」

剣一郎は自分の考えを述べた。

しかし、師は首を横に振った。

「二刀は使っておらぬ。それにせめぎ合いもしていなかった」

そう言えば、浪人の左源太は脇差を差していなかった。

違う、二刀流ではない。

「一つ、気がついたことがある」

師が腕組みを解いた。

「絶命剣で喉を斬られた相手は腕の立つものだ。それほどではない相手にはふつうの斬り方だ」

それは普通の相手には絶命剣を使う必要がないということだけかもしれない。だが、師は、絶命剣は腕の立つ相手に有効だと言った。

どういうことか。剣一郎はわからない。なぜ、相手は棒立ちのまま喉を斬られてしまうのか。

いつの間にか部屋が暗くなっていた。妻女のおいくが行灯に火を入れた。

「長い時間、お邪魔いたしました」

剣一郎が挨拶をすると、

「青柳さま。お夕餉の支度をいたします。どうぞ、ごいっしょに」

と、おいくが言った。

「いえ。まだ腹も空いていませんゆえ」

緊張しているせいか、空腹感を覚えなかった。

「いや、何か腹に入れていったほうがよい。茶漬けでも」

師は剣一郎のただならぬ気配に何かを感じ取ったのか、しきりに茶漬けを勧めた。

「それでは遠慮なく」

剣一郎は御馳走になることにした。

茶漬けを食べ終え、剣一郎は師の見送りを受けて辞去した。

師から借りた提灯を掲げ、長命寺に近づいたとき、目の前に人影が揺れた。ゆっくり近づいて来た。文七だった。

「奥さまから真下先生のお宅だとお聞きしまして。お供させてください」

剣一郎は黙って頷いた。

文七が提灯を持って先に歩いた。虫の音が寂しそうに聞こえる。遠くの人家の明かり。

絶命剣と闘わねばならぬ運命以上に、左源太と刃を交えなければならない定めに剣一郎の胸が痛んだ。

真っ暗な薬師道を行くと、かなたに仄《ほの》かな明かりが見えてきた。

「月光庵です」

文七が小声で囁いた。

覚えず、剣一郎は深呼吸をした。

月光庵は人里離れた小さな庵だ。そこの座敷に、お袖と大助が悲壮な覚悟で息を潜めているに違いない。

警護の者は誰もいなかった。おそらく、中井十右衛門が手を引かせたのであろう。

足音を忍ばせて近づき、剣一郎は庵の庭にもぐり込んだ。行灯の仄かな明かりが障子に人影を映していた。

剣一郎は落ちていた小枝を草むらに放った。かさっという物音に障子の人影が動いた。

静かに障子が開いた。少しの間があって、若者が縁側に出て来た。

「誰かいるのですか」

若者は若々しい声を出した。少し怯えたような声なのは、やはり覚悟の上とはいえ、死が目前に迫っていると自覚しているからであろう。

後ろからお袖が現れ、大助の手をとって部屋に引っ込んだ。

障子が閉まるのを確かめて、庭から出た。

剣一郎は庵に向かう一本道の途中に佇んだ。広場になっている。ここを闘う場として選んだのだ。

夜風は冷たい。大助を守らねばならない。しかし、守りきることが出来るだろうか。大北藩主高久公は祥吉が死ねば大北藩の揉め事がなくなると考えているのだ。

そのことを十分に弁《わきま》えている大助は祥吉として死ぬことを望んでいる。とうに自分の命を捨てているのだ。

仮に左源太と闘って勝利を得たとしても、第二、第三の刺客が送り込まれるであろう。それでも、剣一郎は大助を守らねばならぬと思うのだ。

そろそろ五つ（八時頃）になろうか。剣一郎はじっと左源太が現れるのを待った。

さらに四半刻（三十分）ほど経った。暗い道にうっすらと影が見えてきた。

「来ました」

文七が囁いた。

剣一郎は気づかれぬように息を吸って吐いた。

近づいてくる影は二つ。その一つが左源太であることが見てとれた。

左源太もこちらに気がついたようだ。剣一郎は静かに前に出て行った。

「左源太。この先は行かせぬ」

「剣一郎か」

左源太の声は悲痛な叫びに似ていた。

「俺は祥吉を殺さねばならぬ役目を負っているのだ。祥吉さえいなくなれば、藩にとっての憂いが消えるのだ。剣一郎、退け」

「おぬしの辛い立場には同情する。しかし、祥吉を殺させるわけにはいかないのだ」

「頼む。退いてくれ。おぬしと立ち合いたくない」

「俺とて同じこと」

剣一郎もやり切れない声を出した。

「剣一郎、俺を敗ったところで、また第二、第三の刺客が放たれるだろう」

「わかっている。だが、今目の前にある危機を救う。それしかない」

「やむを得ん」

左源太は静かに剣を抜いた。

剣一郎も刀の柄に手をかけた。そして、さっと剣を抜き、正眼の構えに入った。

「左源太。絶命剣、見せてもらうぞ」

「おう、望むところ」

右足を後ろに左半身になり、左源太は切っ先を右斜めに剣を右脇に構えた。余裕のある構えだ。これが絶命剣なのか。

剣一郎は正眼に構えた。左源太に隙はない。急激に相手が殺気立って来るのがわかった。仕掛けてくる。そう思った矢先、さっと殺気が消えて行った。が、相手は脇構えのまま、身動《みじろ》ぎさえしない。

再び、相手に殺気が満ちて来た。今度こそ襲って来る、と思った次の瞬間、またも殺気が引いて行く。

(何だ、これは……)

剣一郎は戸惑った。

気が激しく迫り、次の瞬間にはさっと引いて行く。剣一郎は踏み込みの間が摑めなかった。

相手の心や動きがわからない。

剣一郎は相手の呼吸に合わせている自分に気づいた。

(腕の立つ者ほど有効だ)

師真下治五郎の言葉が過る。

よし、と腹を据え、剣一郎は次の気が引く瞬間を待った。左源太の気が充実してきた。そして、次に気が引くのを待った。

気が去った。その瞬間をとらえた。

剣一郎は足を踏み込み、相手の胴に剣を向けて横に払った。が、左源太の剣はすぐに反応し、すくい上げるように剣を振り上げ、すぐさま袈裟斬りに襲ってきた。

剣一郎はさっと飛び退いて切っ先を避けた。

わざと隙を作って誘い込んだのかとも思える。だが、その戦法は何も左源太に限ったことではない。それが絶命剣とは思えなかった。

再び正眼に構え、左源太は脇構えで、対峙した。

今度は左源太の気が充実してくる瞬間を狙った。が、左源太は剣一郎の踏み込みをまたもあっさり一蹴した。

剣一郎は驚愕した。気が高まり、静まりに関係なく、左源太の剣はいつでも同じように鋭く反応する。

どんな状態にあっても左源太は無心に打ちかかれるのだ。しかし、どんな状態であれ、こちらの気配を察して剣が反応するのは左源太ほどの技量であれば不思議ではない。これが絶命剣とは思えない。

正眼に構えを戻し、三たび脇構えの左源太と対峙した。

またも相手の気が充実し、攻撃を仕掛ける気配がして、さっとその気は消えた。

激しく繰り返す気の反復に、やはり剣一郎は左源太と呼吸を合わせていた。今度は仕掛けずに待った。

気が充実し、斬り込んで来る殺気を感じ、剣一郎の剣が反応しかかった。が、次の瞬間、絶命剣が何かわかった。

（相手は棒立ちのまま、なすすべもなく喉を斬られた）

相手の気が充溢した。が、襲って来ない。次だ。剣一郎は足を踏ん張った。気がいっきに去ろうとしたとき、左源太の剣が喉を目掛けて襲ってきた。剣一郎は飛び退いた。切っ先が喉元三寸で空を切った。

これだと、剣一郎は悟った。相手が動き出すことによって無意識の打ちが出るのではなく、左源太はいつでも無意識の打ちが出来るのだ。無のままの攻撃。それが絶命剣だ。

剣一郎は正眼に構えを戻し、左源太も脇構えになった。最前よりさらに左源太の心気が高まってくるのがわかった。もし無念無想でいたらこのとき剣一郎の剣はすかさず反応していただろう。だが、実際相手は打ち込んでいないのだ。左源太が動くのはこのあと。

剣一郎は懸命に体が反応するのを抑えた。相手の気が去ろうとした。今だ。剣一郎は踏み込んで正眼から剣を突き出した。

左源太のすくい上げた剣と激しくぶつかり、火花が散った。

「絶命剣、敗れたり」

剣一郎は叫んだ。

左源太は唖然としていた。

「剣一郎。よく、絶命剣をかわした」

「いや、そうじゃない。左源太、おぬしの自滅だ」

剣一郎は痛ましげに見つめて、

「なぜ、早く仕掛けてこなかったのだ。俺への遠慮があったのか」

もっと早い段階で決着をはかろうと思えば出来たはずだ。まだ絶命剣の防ぎようがわからないときであれば剣一郎は斬られていたに違いない。

左源太は、絶命剣について考える時間を剣一郎に与えてしまったのだ。

「違う。確かに仕掛けは遅かったが、おぬしが絶命剣を防ぎ得るとは思ってもいなかった。俺の負けだ」

「絶命剣を防いだだけで、闘いは終わったわけではない。左源太、来い」

剣一郎は剣を構えた。

左源太は剣を片手に持って剣先を上に向け、

「この剣は神尾主膳の形見だ」

「主膳は亡くなったのか」

「いや。看取《みと》ってはおらん。だが三年前、誰にも看取られずに死ぬと言い残し、旅に出た。おそらく、もはや生きてはいまい」

左源太は続けた。

「我が師となった主膳は俺にこの剣を授けるとき、絶命剣敗れるときは命果てるときと言っておった。これ以上の闘いは無用だ」

剣一郎ははっとした。

すぐに飛び込むようにして峰を返し、左源太の右手を打った。左源太は主膳の形見の剣で自分の喉を掻き斬ろうとしていたのだ。

左源太は剣を落とし、右手を押さえてうずくまった。

「左源太、ばかな真似はやめろ」

「剣一郎。友として頼む。介錯を。生きていても仕方がないのだ」

左源太は顔を向けた。

帰参は叶わぬ。妻やいとしの我が子にも会えない。このまま浪々の身で生きていくのは辛過ぎる。

左源太の顔はそう言っていた。

左源太は居住まいを正し、腹を斬ろうとした。

「剣一郎、頼む。介錯を」

剣一郎は呻いた。このままでは生きる屍のような生き方しか出来まい。

介錯してやるのが武士の情けか。

そのとき、黒い影が飛び出して来た。

「お待ちください」

祥吉、いや大助だった。

「私が祥吉です。どうぞ、私をお斬りください」

　大助の声にかぶさるように女の声が轟いた。

「違います。その子は祥吉ではありません。我が子の祥吉はここにおります」

　現れたのはお袖だった。そして、その横にいるのは浅草の幸龍寺にいた多助と名乗った若者だ。

「祥吉は私です」

　その若者が名乗り出た。

「何をおっしゃいますか」

　大助が異議をはさんだ。

「祥吉は私です。どうぞ、私をお斬りください」

「大助どの。もうよいのです。私たちが間違っておりました」

　お袖が切なそうに続けた。

「私も今の今まで、大助どのを身代わりにして事の決着を図ろうとしておりました。でも、たった今、祥吉が駆けつけてきました。大助どのを死なせてはならないと祥吉が訴えたのです」

　本物の祥吉が大助の前に跪《ひざまず》いた。

「大助どの。あなたを犠牲にして私が生き延びても、私は決して幸福な人生を送れません。それより、後悔に苦しみながら生きていくだけだと思います。ひとにはそれぞれ運命があると思います。自分がその運命を背負わなければならないと思います」

祥吉は大助から剣一郎に顔を向け、

「私は剣之助さまから教えていただきました。私が死ぬのが一番です。それですべてが丸く収まるものなら本望です」

「左源太、どうする？」

剣一郎は呼びかけた。

「斬れん。俺には斬れん」

左源太が暗がりに向かって、

「見ての通りだ。俺は命令に失敗したと国元に伝えてくれ」

と、怒鳴った。

暗闇から行商の格好をした男が出て来た。

剣一郎はお袖に向かい、

「やはり、ここは祥吉どのに死んでもらうしかありますまい」

と、静かに言った。

息を呑んだようだが、お袖は狼狽《ろうばい》することなく頷いた。

「剣一郎」

左源太が非難の目を向け、大助が驚いたような顔をした。

「左源太。祥吉どのの髷《まげ》を切れ」

「えっ」

剣一郎は祥吉を左源太の前に連れて行き、小刀を持たせ祥吉の髷を切らせた。さらに、お袖に向かい、

「祥吉どのがご落胤である証拠の品をこれに」

と、要求した。

「はい。ただ今」

お袖は袱紗《ふくさ》に包まれた品物を剣一郎に渡した。

「そこの隠密どの。藩主の子祥吉どのは死んだ。そなたは、この髷と形見の脇差を証拠として国元へ持ち帰ってくれ。もし、約束出来なければ、どこまでも追い詰めて斬る」

剣一郎は鋭い声を発した。

「しかし、亡骸を葬った場所を問われたら何とする？」

「浅草幸龍寺に葬ったことにする。お袖どの。旅の僧良寛坊はじつは幸龍寺につながりある者と見た。違うか」

「そのとおりでございます」

「ならば、だいじょうぶだ。祥吉を死んだことに出来る」

「わかり申した。左源太、この役目、俺がしっかと果たす。一足先に向かう。おぬし、あとから堂々と帰って参れ」

隠密は髷と品物を大事に背中の駕籠にしまい、

「波多野左源太が無事お役目を果たしたこと、必ず報告いたす」

と、暗闇に消えて行った。


二日後、左源太は江戸を旅立った。その前日、橋尾左門を交え、簡単な送別の会を催した。

左源太から手紙が届いたのは十日後で、無事帰参が叶ったというものだった。

その翌日、八丁堀の屋敷に中井十右衛門が大助を伴ってやって来た。剣之助とるいは大はしゃぎで大助を迎えた。

剣一郎は客間で十右衛門と対座した。

「このたびのこと、何と御礼を申してよいやらわかりませぬ」

十右衛門が深々と体を折った。

「いや、貴殿からは激しく抗議を受けると覚悟していたのですが」

「大助の話を聞いたときには私もそう思いました。ですが、殿は髷と脇差を証拠に、我が子祥吉が死んだと認め、ご家老も納得されたとか」

十右衛門は安堵したような表情だ。

「正直申しますと、私はあんな小細工で殿さまやご家老が納得するとは思えないと危惧しておりました」

剣一郎は素直な気持ちを披露した。

「そのことですが、じつはどうやら殿にはすべてを承知で祥吉暗殺の話を受け入れた様子にございます」

「ほう。からくりをわかっていながらすべてを丸く収めたと言うのですか」

「はい。もちろん、表向きは祥吉は死んだということになっており、位牌まで作らせたそうです」

「なるほど。我が息子を身代わりにしようとした中井どのの忠義が殿さまのお耳に入ったのではござらんか」

そうとしか思えない。剣一郎は大きく頷きながら、

「どうやら、これは私の手柄ではなく、中井どのの忠義が勝ったということではありませぬか」

「いいえ。青柳どのが大助を守ってくださらなければ、悲しい結末になっていたでありましょう。それと祥吉さまが駆けつけてくれたこと。これは剣之助どのに礼を言わねばならぬことですが」

十右衛門が改めて礼を言う。

「その祥吉、いや多助は今どうなさっておいでか」

「はい。しばらく幸龍寺にて仏道修行に励み、しかるべきときに母のお袖と暮らせるように取り計らう所存でございます」

殺された四人については大北藩が懇《ねんご》ろに弔うことになり、下手人の捜索はすべて大北藩で行うということになった。御留守居役脇田助左衛門が奉行所の長谷川四郎兵衛に日頃から貢ぎ物をしていたこともあって、奉行所はこの件から手を引くことになったのだ。いや、改めて大北藩から奉行所に謝礼が届けられたと聞いている。

京之進は納得いかないようだったが、その慰め役は剣一郎に任されている。

剣之助やるいの笑い声に交じって大助の笑い声も聞こえた。

「楽しそうでございますな」

十右衛門は目を細めた。

夕方前に、十右衛門と大助が引き上げた。剣之助とるいは満足そうな顔をしていたが、ふと剣之助の横顔に寂しさのようなものが走った。

女太夫のことを考えているのに違いない。

その後、どうなったのか、気になりながらも剣之助に尋ねることは出来なかった。しかし、これは剣之助が自分で乗り越えねばならない青春の苦さなのだ。

その剣之助の元服の儀が十一月の下旬に行われた。

前髪を切り、月代を剃る。烏帽子親には宇野清左衛門がなった。

剣之助ももう立派なおとなだ。奉行所に見習いとして出るようになるのだ。父子ふたりで奉行所に通うようになる。

おとなと言えば……。ふと、またも女太夫のことが頭を掠めた。が、すぐに芸者まつに変わった。剣之助を男にしてくれるのは小吉という若い芸者だ。小吉に会えば、女太夫への未練も消えるかもしれない。

まつに会いたいし、お座敷に剣之助を連れて行ってみるかと、あれこれ考えていると、

「何をにやにやしているのですか」

と、ふいに多恵に声をかけられてあわてた。

「いや、なんでもない。私はそなたが一番だ」

言わずもがなのことを言ったとあわてたが、多恵は澄ました顔で前髪を切った剣之助を見つめていた。

一〇〇字書評

刺客殺し

切り取り線

購買動機（新聞、雑誌名を記入するか、あるいは○をつけてください）	
□（　　　　　　）の広告を見て	
□（　　　　　　）の書評を見て	
□ 知人のすすめで	□ タイトルに惹かれて
□ カバーが良かったから	□ 内容が面白そうだから
□ 好きな作家だから	□ 好きな分野の本だから

・最近、最も感銘を受けた作品名をお書き下さい

・あなたのお好きな作家名をお書き下さい

・その他、ご要望がありましたらお書き下さい

住所	〒				
氏名		職業		年齢	
Eメール	※携帯には配信できません		新刊情報等のメール配信を 希望する・しない		

この本の感想を、編集部までお寄せいただけたらありがたく存じます。今後の企画の参考にさせていただきます。Eメールでも結構です。

いただいた「一〇〇字書評」は、新聞・雑誌等に紹介させていただくことがあります。その場合はお礼として特製図書カードを差し上げます。

前ページの原稿用紙に書評をお書きの上、切り取り、左記までお送り下さい。宛先の住所は不要です。

なお、ご記入いただいたお名前、ご住所等は、書評紹介の事前了解、謝礼のお届けのためだけに利用し、そのほかの目的のために利用することはありません。

〒一〇一−八七〇一
祥伝社文庫編集長　清水寿明
電話　〇三（三二六五）二〇八〇

祥伝社ホームページの「ブックレビュー」からも、書き込めます。

www.shodensha.co.jp/bookreview

祥伝社文庫

刺客殺《しかくごろ》し　風烈廻《ふうれつまわ》り与力《よりき》・青柳剣一郎《あおやぎけんいちろう》

平成18年3月20日　初版第1刷発行
令和5年6月30日　第11刷発行

著　者　小杉健治《こすぎけんじ》

発行者　辻　浩明
発行所　祥伝社《しょうでんしゃ》
東京都千代田区神田神保町3-3
〒101-8701
電話　03（3265）2081（販売部）
電話　03（3265）2080（編集部）
電話　03（3265）3622（業務部）
www.shodensha.co.jp

印刷所　堀内印刷
製本所　ナショナル製本

ISBN978-4-396-33280-8 C0193

祥伝社文庫の好評既刊

小杉健治
白頭巾　月華の剣

新心流居合の達人・磯村伝八郎と、義賊「白頭巾」の顔を持つ素浪人・隼新三郎の宿命の対決！

小杉健治
翁面《おきなめん》の刺客《しかく》

江戸中を追われる新三郎に、翁の能面を被る謎の刺客が迫る！市井の人々の情愛を活写した傑作時代小説。

小杉健治
二十六夜待

過去に疵《きず》のある男と岡っ引きの相克、情と怨讐。縄田一男氏激賞の著者ならではの、〝泣ける〟捕物帳。

小杉健治
夜《よ》烏《がらす》殺し　風烈廻り与力・青柳剣一郎⑥

冷酷無比の大盗賊・夜烏の十兵衛が、青柳剣一郎への復讐のため、江戸に戻ってきた。犯行予告の刻限が迫る！

小杉健治
女形《おやま》殺し　風烈廻り与力・青柳剣一郎⑦

「おとっつあんは無実なんです」父の斬首刑は執行され、さらに兄にまで濡れ衣が…真相究明に剣一郎が奔走する！

小杉健治
目付殺し　風烈廻り与力・青柳剣一郎⑧

腕のたつ目付を屠った凄腕の殺し屋を追う、剣一郎配下の同心とその父の執念！　情と剣とで悪を断つ！

祥伝社文庫の好評既刊

小杉健治
闇太夫《やみだゆう》
風烈廻り与力・青柳剣一郎⑨
百年前の明暦大火に匹敵する災厄が起こる？　誰かが途轍もないことを目論んでいる…危うし、八百八町！

小杉健治
待伏せ
風烈廻り与力・青柳剣一郎⑩
絶体絶命、江戸中を恐怖に陥れた殺し屋で、かつて風烈廻り与力青柳剣一郎が取り逃がした男との因縁の対決を描く！

小杉健治
まやかし
風烈廻り与力・青柳剣一郎⑪
市中に跋扈《ばっこ》する非道な押込み。探索命令を受けた青柳剣一郎が、盗賊団に利用された侍と結んだ約束とは？

小杉健治
子隠し舟
風烈廻り与力・青柳剣一郎⑫
江戸で頻発する子どもの拐かし。犯人捕縛へ〝三河万歳〟の太夫に目をつけた青柳剣一郎にも魔手が……。

小杉健治
追われ者
風烈廻り与力・青柳剣一郎⑬
ただ〝生き延びる〟ため、非道な所業を繰り返す男とは？　追いつめる剣一郎の執念と執念がぶつかり合う。

小杉健治
詫び状
風烈廻り与力・青柳剣一郎⑭
押し込みに御家人飯尾吉太郎の関与を疑う剣一郎。そんな中、倅の剣之助から文が届いて…。

祥伝社文庫の好評既刊

小杉健治
向島心中 風烈廻り与力・青柳剣一郎⑮
剣一郎の命を受け、伜・剣之助は鶴岡へ。哀しい男女の末路に秘められた、驚くべき陰謀とは？

小杉健治
袈裟《けさ》斬り 風烈廻り与力・青柳剣一郎⑯
立て籠《こ》もった男を袈裟《けさ》懸《が》けに斬り捨てた謎の旗本。一躍有名になったその男の正体を、剣一郎が暴く！

小杉健治
仇返《あだがえ》し 風烈廻り与力・青柳剣一郎⑰
付け火の真相を追う剣一郎と、二年ぶりに江戸に帰還する倅《せがれ》・剣之助。それぞれに迫る危機！　最高潮の第十七弾。

小杉健治
春嵐《しゅんらん》（上） 風烈廻り与力・青柳剣一郎⑱
不可解な無礼討ち事件をきっかけに連鎖する事件。剣一郎は、与力の矜持《きょうじ》と正義を賭け、黒幕の正体を炙《あぶ》り出す！

小杉健治
春嵐（下） 風烈廻り与力・青柳剣一郎⑲
事件は福井藩の陰謀を孕《はら》み、南町奉行所をも揺るがす一大事に！　巨悪に立ち向かう剣一郎の裁きやいかに？

小杉健治
夏炎《かえん》 風烈廻り与力・青柳剣一郎⑳
残暑の中、市中で起こった大火。その影には弱き者たちを陥《おとし》れんとする悪人の思惑が…。剣一郎、執念の探索行！